中华传统美德教育丛书

求知篇

QIUZHIPIAN

编著⊙余英杰 黄绍安

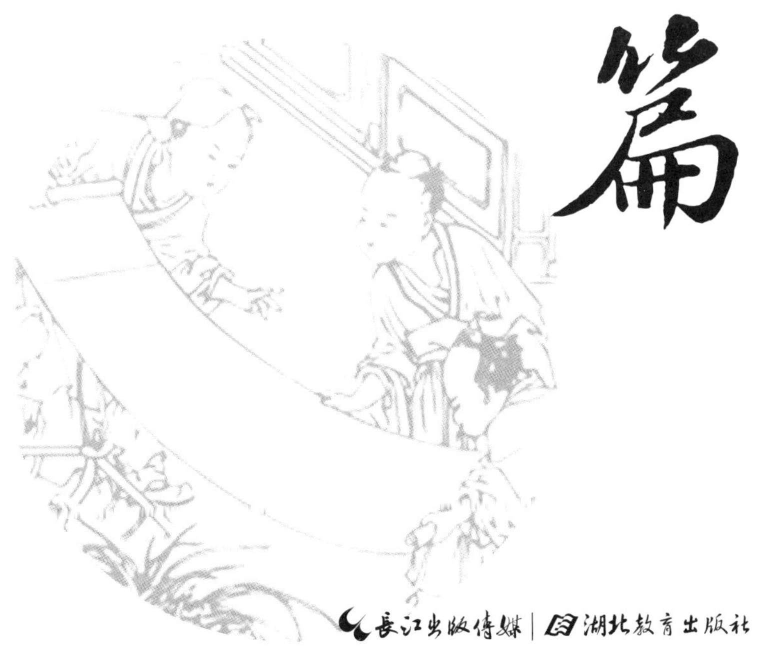

長江出版傳媒 | 湖北教育出版社

(鄂)新登字 02 号

图书在版编目(CIP)数据

求知篇/余英杰,黄绍安编著.
—武汉:湖北教育出版社,2012.9(2020.11 重印)
(中华传统美德教育丛书)

ISBN 978-7-5351-1823-3
Ⅰ.求…
Ⅱ.①余… ②黄…
Ⅲ.品德教育-中国-当代-通俗读物
Ⅳ.I247.8

中国版本图书馆 CIP 数据核字(95)第 09700 号

ZHONGHUA CHUANTONG MEIDE JIAOYU CONGSHU QIUZHI PIAN
出版发行 湖北教育出版社
邮政编码 430070 电 话 027-83619605
地 址 武汉市雄楚大道 268 号
网 址 http://www.hbedup.com
经 销 新 华 书 店
印 刷 天津旭非印刷有限公司
开 本 710mm×1000mm 1/16
印 张 9.5
字 数 155 千字
版 次 2012 年 9 月第 2 版
印 次 2020 年 11 月第 4 次印刷
书 号 ISBN 978-7-5351-1823-3
定 价 18.00 元
如印刷、装订影响阅读,承印厂为你调换

序

我们的国家是一个有着五千年悠久历史的文明古国。在漫长的历史长河中，中华民族的一代又一代人，用自己的聪明才智，创造了辉煌灿烂的历史文化，形成了极为丰富的中华传统美德。

这些美德曾经在我国社会历史发展过程中凝聚、教育和鼓舞了中华儿女，成为中华民族生存、发展的强大精神力量。这些宝贵的精神财富，例如在个人品德中的崇高志向、刚直正派、诚实守信、自强不息、节俭不奢、经挫不馁，在处理人与人关系中的尊老爱幼、邻里互助、扶困济贫、舍己为人，在社会公德中的敬业守职、尊师重教、奉公守法、礼貌谦让，在政治品德中的勤政爱民、秉公执法、自尊自强、爱国御侮等，时至今日仍然强烈地渗透在现实生活中，对人们的思想、行为起着不可忽视的重要作用。

中华传统美德是在长期的历史实践中逐步形成的，是社会主义思想道德的重要组成部分。毛泽东同志曾经说过："我们是马克思主义的历史主义者，我们不应当割断历史。从孔夫子到孙中山，我们应当总结，继承这份珍贵的遗产。"因此，加强对中华传统美德的研究，对中华儿女进行传统美德教育，是社会主义思想道德教育的一项重要内容，也是推动社会主义精神文明建设的有效途径。

青少年是祖国的未来和希望，肩负着建设社会主义现代化强国这一光荣而艰巨的历史使命，对他们来讲，了解中华民族的传统文化和美德不仅能帮助他们塑造优秀人格，而且有助于他们树立正确的理想、信念和人生观、价值观，把他们培养成为有理想、有道德、有文化、有纪律的社会主义事业接班人。这既是广大教育工作者的重要职责，也是社会各界的共同责任。

为了加强对青少年的思想品德教育，让广大青少年了解和熟悉中华传统美德，湖北教育出版社的同志提出了编辑出版《中华传统美德教育丛书》的选题，并具体组织了这套丛书的编撰工作。

这套丛书由一批长期从事青少年教育工作的同志撰写。他们经过调查研究，密切结合当前的实际和青少年思想品德教育的要求，在从上古到辛亥革命的历史跨度里，以中华民族的传统美德为主线，分10个专题，选择对青少年有教益、可读性强的人物故事，分别集结成册，并配以生动活泼、富于智慧的阅读提示，精心构思和编写了引导青少年思维发散和提升的“动脑筋”内容，以事论理，以情动人，全面、系统地介绍了中华民族传统美德的精华。

我相信，这套丛书将对青少年，尤其是中、小学生，在了解中华民族传统美德的基本内容，增强他们的民族自豪感和自信心，提高思想道德素质等方面必将起到很好的促进作用，也会对学校的思想品德教育产生积极的影响。

王重农

目录
contents
求知篇

书山有路勤为径 学海无涯苦作舟

“勤学”这两个字，可能是少年朋友听得最多的字眼之一。但是听得最多，不等于真弄懂了，就像说得最多的不一定就是真理一样。

我们编写这本中国古代名人勤学的故事，就是为了让少年朋友通过对这些人物的具体了解，加深对“勤学”的认识，继承中华民族的优良品德。同时，通过讲故事让少年朋友增加知识，开阔视野。

“勤学”，对人的一生和社会发展的重要性，少年朋友一般都能娓娓道来，谁不愿通过自己的努力成为世人仰慕的“大英雄”呢？

但是，在实际学习生活中，少年朋友又常常因为某些原因不去勤奋学习。这个“某些原因”有很多，比如：习惯问题，自身素质问题，家庭内外和学校内外的环境问题，等等。我们认为，在所有的这些问题中，关键还是认识问题。

本书的深层用心，就是帮助少年朋友建立起正确的“勤学”观。于是，我们选择不同的外在条件、不同的文化领域中历代名人勤学的故事予以引导。

以外在条件而论，既有不顾生活条件之困苦、人生遭遇之坎坷、天生之“愚笨”、身体之残缺而刻苦学习的强者，也有不为自己的聪明和家庭的优越所误而勤奋好学的智者。

以涉及的文化领域而论，有历史、哲学、政治、文学、绘画、曲艺、科技、地理、医学、军事等许多学科。

这些故事向少年朋友揭示了一个真理：成才的道路是很多的，但能否成才不取决于外在条件，关键靠如何战胜自己！

当然，“勤学”绝非闭门读书，它是指对学问、技能的身心投入和锲而不舍的过程。这是我们在书中着意强调的问题。

“学”，至少包含有三个内容：一为“学习”；二为“模仿”；三为“治学”。“好好学习，天天向上”指的是其一：“学虎像虎，学龙像龙”指的是其二；“七年视论学取友”指的是其三。

学习与模仿，少年朋友容易明白，而“治学”的内涵就丰富多了。于是，我们有意识地介绍了一批成就非凡的学者在“治学”中的不同历程和心得，一方面是为了扩大少年朋友的知识面，另一方面是为了让少年朋友从中受到启发和教益。

尊师重道是与“勤学”紧密相关的，世界上没有不尊师重道而只重学的民族与国家。

“勤学”，还有一个“只争朝夕”的含义在里面。老来不忘其学，固然是一美德，但必须向少年朋友强调“少而好学，如日出之阳”这一最佳学习时期。对这两方面的内容，我们亦十分重视。

为了帮助少年朋友更好地理解故事内容，我们于每篇故事之前加了一段“阅读提示”；故事末尾的“动脑筋”是为了进一步强化他们对该故事主题的印象。

古代人物，用我们现在的眼光来看，总是有其局限性的，我们收进本书的这些历史人物，主要是采撷他们的“勤学”事例，绝非认为他们全是美轮美奂的“完人”。而其中一些人勤学的出发点，亦不为我们所赞同。

希望少年朋友们能喜欢我们所采撷的这些故事。

孔子终身勤学不倦

阅读提示

孔子被后世尊称为"圣人",他编撰的"六经",以及他的门人弟子根据他的言行编定的《论语》被尊称为"圣典"。但"圣人"不是天生的,孔子从15岁起有志于学问,一直到73岁辞世,可以说终生都在勤学不倦,"用功时便忘记了吃饭,(因学习得到)快乐时便忘记了忧愁,不晓得衰老会要来临",他的这些话便是生动写照。孔子是真正做到"学而不厌",把学习看成人生一种乐趣的光辉典范。我们青少年学生,应当学习孔子的精神和态度,从小就要立下大志,刻苦读书学习,让读书学习成为我们人生的乐趣和习惯,伴随着我们的整个人生奋斗历程。

讲故事

孔子(公元前551—公元前479年)是中国历史上最伟大的哲学家、教育家和思想家。孔子名丘,字仲尼,是春秋时鲁国人。从少年起至30岁,孔子以食无求饱、居无求安的顽强精神全面学习和熟练掌握了礼仪、音乐、射箭、驾车、书、数这六种当时知识分子必备的基本知识和技艺,进而周游列国,讲学四方,并穷数十年之功研究、删定、编撰出被后世尊称为"六经"的《诗》《书》《礼》《乐》《易》《春秋》。这"六经"和孔门弟子编定的《论语》,后来成为中国人的"圣典"。孔子可以说是终生勤学不倦不怠的典范,他曾这样概括自己的一生:"我15岁,有志于学问;30岁,说话做事都有把握了;40岁,掌握了各种知识而不致迷惑了；50 岁，懂得天命；60 岁，一听别人的言语，就能分辨真伪，判明是非；到了 70 岁，即可随心所欲，任何念头都不越出规矩了。”这是孔子一生不断进步的历程，他晚年之所以达到了如此之高的境界，也正是他终生勤学的结果。

孔子曾对学生子路说：“我的为人，用功时便忘记了吃饭，快乐时便忘记了忧愁，不晓得衰老会要来临，如此罢了。” 他学习，没有年龄的限制。“让我再多活几年，老的时候去学习《易经》，便可以没有大过错了。”他学习也不受环境的局限，“几个人一块儿走路，其中便一定有我可效法的人，我选取那些优良部分而学习，看出那些不良方面而改正。”正因为如此，孔子才真正做到了“学而不厌”，并把学习看成一种乐趣。《论语》记载，孔子在齐国听到《韶》这种音乐而入迷，以至很长时间尝不出肉味。他不仅对音乐有极高的欣赏水平，而且精通乐理。孔子能悟到乐章演奏有和谐缓急之美，又对《诗经》乐理进行分类整理，使“雅”“颂”各归其类。在箭术、诗学、历史、《易经》研究等领域，他同样有很深造诣。孔子精于射术，当他在故乡山东曲阜西郊的矍相圃习射时，围观的人很多，简直像一堵墙一样。孔子很重视对《诗经》的研究，他提出《诗》在个人品德修养上具有不小的作用：“读诗，可以培养联想力，可以提高观察力，可以锻炼合群性，可以学得讽刺方法。”孔子晚年好读《易经》，把穿竹简的熟牛皮条磨断了多次，可他还不满足，说：“再给我几年，像这样学的话，《易经》我就学得差不多了。”相传孔子还是《春秋》的作者，并以此作为历史教材传授给学生。人们常说孔子门下三千弟子中有精通六艺的贤人 72 个，那么作为老师的孔子则是“更上一层楼”了。孔子一生自强不息、力学不倦、精益求精的精神态度，两千多年来，一直激励着炎黄子孙。

孔子一生勤学不倦，得以开创了先秦诸子中最大的一家——儒家学派，他的思想体系，作为政治理念和伦理观念，给予中国社会甚至世界历史以巨大而深远的影响。孔子因此被尊称为中国历史上的“圣人”。两千多年后的 1982 年，美国总统里根在《致旧金山祭孔大典筹委会主任的信》中说：“孔子的高贵的行谊与伟大伦理道德思想，不仅影响他的国人，也影响了全人类。”1988 年，在法国首都巴黎，全世界诺贝尔奖得主聚会后发表宣言，宣言郑重指出：“如果人类要在 21 世纪生存下去，必须回头两千五百年，去吸取孔子的智慧。”

▲终身勤学不倦的孔子

（1）作为伟大的哲学家、教育家和思想家，孔子的思想体系内容是非常丰富的。你能通过阅读有关课外书籍，把孔子思想体系的主要内容加以了解，并作出简要概括吗？

（2）《论语》是一部什么样的书？请你从书中找出8至10条孔子谈论学习的语录，弄懂原意，并把它们翻译成现代白话文。

（3）古今中外不少伟人、名人对孔子和孔子的思想学说作出了精彩、深刻的评价。这些评价不但有助于我们了解孔子及其学说，而且本身也富于思想智慧，能激励我们好学上进。请你通过阅读课外读物，找出3至5条这样的语录或论述。

“屈原辞赋悬日月”

阅读提示

伟大的爱国主义诗人屈原在被放逐的时候，不仅心情极端压抑，而且身体又多病虚弱，可他却在这样的困境下，怀着坚定的信念，顽强地完成了不朽的杰作《离骚》，给后世以深刻的影响。这是非常值得我们学习的。

讲故事

公元前278年，阴历五月初五，汨罗河畔。

雄鸡唱晓，东方发白。霎时，一轮红日冉冉升起。一位戴着一顶高帽子，穿着一件长袍，腰上扎一条宽带，拄着一根拐杖的老人，穿过晨雾，来到河边。他用眼睛向四处一扫，像在寻觅什么似的。然后，慢慢弓下身子，用双手吃力地把一个重重的鹅卵石抱入怀中，拖着沉重的脚步，走上那伸入河中的石矶上。他伫立了很久，眼睛向着身后的方向凝望着，泪流满面。突然，他仰头大声吟诵起来：

污浊的世界里，有谁是知己？
人心不可测，也无须多加解释。
唉，我知道死亡无法躲避，
何必过分爱惜自己的身体。

正直的君子啊，我向你说明我的心迹，

那杀身成仁的古贤，永恒地和我在一起。

他刚一吟完，就猛地转过身，纵身向激流中跳去，水面上立即溅起了浪花……

中国有史以来的第一个伟大诗人屈原，就这样结束了他坎坷多难的一生。

屈原，名平，“原”是他的表字（别名），约生于公元前340年。他生活的年代，正是七雄并峙的战国时期。七雄之中，秦、楚最强，两国都具有统一天下的可能性。屈原出身楚国贵族，从小就受到很好的教育。由于他“博闻强志，明于治乱，娴于词令”（《史记·屈原列传》），青年时期，楚怀王就任他为“左徒”（仅次于最高官衔的官），直接参与楚国内政外交等重大问题的决策。屈原一心想使楚国富强起来，进而统一中国。因此，他对内主张修明法度，举贤任能，限制贵族的特权；对外主张联齐抗秦。他的主张和措施，得到人民的拥护，但却遭到楚国统治集团内部亲秦派的破坏。楚怀王十五年（公元前314年），屈原受命制定宪令，同列上官大夫的靳尚“心害其能”，不等屈原起草完毕，就上前夺稿；屈原不与，靳尚在怀王面前诬陷屈原说：“平伐其功，以为非我莫能为也。”怀王轻信谗言，“怒而疏（远）屈平”，解除了他的左徒职务，降职为三闾大夫（管楚国宗室子弟教育的官吏）。楚怀王三十年，怀王被诱入秦，客死秦国，长子顷襄王立。顷襄王以他的弟弟子兰为令尹，政治统治更加昏暗，在外交上则彻底投向秦国。屈原对子兰劝怀王入秦、壅君误国的行为十分痛恨，顷襄王怒而放逐屈原于江南。

顷襄王二年（前297年）仲春，屈原沉痛地与故都的国门告别，恰巧在途中遇到由于秦兵进攻而东迁的难民。他与难民们一道乘船顺江东下，在江南漂流了十多年，最后来到长沙附近的汨罗江。公元前278年，秦国的军队攻破了郢都，烧毁了楚国的王陵，楚国君臣仓皇出奔，人民四散逃亡。屈原看到自己的国家到了这样的境地，他完全绝望了，在这种情况下，他才自沉汨罗江，结束了他悲剧的然而却是光辉的一生。

屈原被流放的时候，已年近50岁，身体非常不好。但他为了真实地了解人民的疾苦，体察大众的痛苦生活，还经常不辞劳苦，拖着多病虚弱的身体，到处走访。他痛心地看到，昔日美丽富饶的山河，如今已变得支离破碎，到处是兵荒马乱，到处是哀号连天。他不禁忧心愁悴，彷徨山泽，经历陵陆，嗟号上天，仰天叹息。于是，他在心里构思着一部长篇巨著，这就是杰出长诗《离骚》。

在写作过程中，由于悲愤和身体虚弱，屈原有好几次都差点昏死过去，可他努力支撑着，使自己尽量保持清醒的头脑，夜以继日地写啊，写啊：

我本是古帝高阳氏的后裔，
号叫伯庸的是我已故的父亲。
太岁在寅的那一年的正月，
庚寅的那天就是我的生辰。
……
有一批糊涂的小人们会苟且偷安，
他们的道路暧昧而又狭隘。
……
我知道耿直不能讨好，
但我却忍耐着痛苦不肯抛弃。

“路漫漫其修远兮，吾将上下而求索。”屈原靠着自己坚韧不拔的努力，终于完成了他的长篇巨著《离骚》，给后人留下了一笔极其宝贵的精神财富。

屈原在坎坷不平的一生中，共写下了20多篇具有高度思想性和艺术性的作品。《离骚》是屈原的代表作，全诗长373句，2490字，是我国文学史上最伟大的长篇抒情诗。这篇诗作是屈原爱国主义的思想结晶，字里行间凝聚着诗人热爱祖国、眷恋故土，甘愿为祖国牺牲一切的真挚感情，同时也表现了屈原为追求光明、坚持正义而顽强斗争的高尚品质。

屈原的成就是伟大的。在屈原之前，诗歌多半是群众性的创作，屈原采用了民间文学的形式并且加以发展，创造了富于个性的诗篇。从屈原起，我国才有了专门的文学家的艺术创作。这些创作给我国文学史开辟了一个新的时代——“楚骚”时代。以《离骚》为代表的楚辞与《诗经·国风》两相辉映，形成了中国诗歌史上最早出现的两个巍然矗立的高峰。两千多年来，屈原的爱国主义思想，坚贞不屈的品格和浪漫主义的艺术手法，一直得到极高的评价。汉代淮南王刘安在《离骚传叙》中说，屈原的《离骚》兼有《国风》《小雅》的长处，可“与日月争光”。我国文学史上的著名作家如司马迁、曹植、李白、杜甫以及宋元以来的不少古典文学作家和诗人，大抵都从屈原的创作中吸取了一定的营养，继承并发展了屈原骚体诗的优良传统。

屈原的诗作，不仅是我国宝贵的文学遗产，也是世界文学的宝贵遗产。1953 年，世界和平理事会纪念的世界四大文化名人，屈原就是其中的一位。早在 19 世纪中叶，《离骚》就有了外国译本，此后，屈原的作品陆续被译成各国文字，为世界人民所传诵。唐代大诗人李白说："屈平辞赋悬日月，楚王台榭空山丘。"（《江上吟》）屈原的名字将像日月当空一样，永远受到全世界人民的景仰和怀念。

动脑筋

（1）屈原的代表作，除了《离骚》外，还有《九章》。你知道《九章》是一部什么样的作品吗？

（2）《橘颂》是《九章》中的一首咏物诗。它以橘树自喻，抒发了诗人热爱祖国，坚贞不二的情操。请你找来诵读，并将它译成现代白话文。

（3）"路漫漫其修远兮，吾将上下而求索。"这是屈原的名句，请将它译为现代白话文。

悬梁刺股说苏、孙

阅读提示

“头悬梁，锥刺股”，古人苏秦、孙敬为了勤学而防止打瞌睡的这种方法，后人不必仿效。但是，古人的这种不辞劳苦、执著求学的决心和精神，是值得今天的人们，尤其是青少年朋友学习的。青少年朋友，要从小注意使自己养成勤奋治学、奋发有为、决不迁就自己的好习惯。只有那些从小注意克服自身惰性，刻苦用功，与自己“过不去”的人，长大成人后，才有可能做出一番不同于常人的成就和事业来。

讲故事

“头悬梁，锥刺股，彼不教，自勤苦。”这是我们所熟知的《三字经》中的几句话。“悬梁刺股”当然是有典故的，故事的主人公就是战国时代的苏秦和东汉时代的孙敬。

苏秦，字季子，战国时东周洛阳（今河南洛阳东）人。苏秦早年十分好学，曾和好友张仪一起师从于很有名望的鬼谷子门下，学习纵横家的理论。当时，苏秦的家境不好，为了读书，他时常把自己的长发剪下来卖掉，或者帮别人做工，出卖力气，以换取微薄的收入来勉强维持自己的生活和学业。没有钱买帛绢，他就自己把竹子劈成竹片作为誊写的书札。书札多了，没有袋子装，他就自己剥下树皮编织成书袋来装书。由于苏秦勤奋好学，在开始的一段时期内，他取得了很好的成绩。

然而，可叹的是，苏秦从此骄傲自大起来，自以为已经学到了老师的所有知识，掌握了纵横术，可以独自“运筹帷幄”了。于是，他告别老师和朋友，独自来到了秦国。

苏秦在秦国，曾先后上奏了十来封意见书给秦惠王，劝他采用“连横”的办法来吞并诸侯，统一天下。可是，他的计策一点也没有引起秦惠王的兴趣和重视。苏秦在秦国住了一年多，他身上穿的黑貂皮袄又旧又破了，所带的百斤金也用得一干二净，他看秦惠王一点也没有重用他的意思，只得离开秦国回家了。

由于路途比较远，又加之心情不好，所以苏秦在路途上奔波了许多天才回到家中。这时他已瘦得皮包骨头，皮肤晒得黑黝黝的，而且因为惭愧而不敢抬头见家人。妻子看见他那副垂头丧气的样子，叹了口气，低下头去继续织布；嫂子看见他那副样子，也不给他做饭做菜；父母看见他那副样子，也不与他说话。见此情景，苏秦心情极端难受。他长长叹了一口气，自言自语地说道：“妻子不把我当丈夫看待，嫂嫂不把我当兄弟看待，父母亲不认我是他们的儿子，这都是我自己不争气所造成的啊！”

苏秦认识到自己的不足，于是重新发奋刻苦读书。当天夜里，他就把自己几十箱的藏书都找了出来，精心挑选，找出了姜太公讲兵法的《阳符经》一书，看了几行，觉得很有用，便摊开来埋头诵读，细心揣摩，直至天亮。

从此以后，苏秦不分昼夜，勤于读书。他经常读书到深夜，有时读着读着就伏案睡着了。每次醒来，看见时间过去了很多，他总是痛骂自己不发奋刻苦，可是又找不到防止自己犯困打瞌睡的好办法。

有一次，他读着读着又犯困了，身子一下子扑在了案桌上。桌子上正好放着一把锥子，锥子刺痛了他的手臂，他一下子被惊醒过来。他看着锥子，忽然想出了一个制止自己打瞌睡的办法：用锥子扎自己的大腿。以后，每当困意袭来时，他就拿起锥子，朝自己的大腿狠扎几下。由于扎得狠，常常是鲜血淋漓，血沿着小腿，直流到脚上。家人见他这样，于心不忍，就劝他说：“你也不必这样折磨自己，只要你决心痛改前非，是一定可以成功的。”苏秦说：“我之所以这样做，是为了使我自己不忘记过去的耻辱，从而促使我更加刻苦读书啊！”

就这样，苏秦又勤学苦读了整整一年，才觉得这次的确学深了，学透了。他很有把握地说：“现在真可以说服当代的君王，使他们接受我的计策了。”

经过一番准备，公元前334年，苏秦开始游说六国，终于得到了六国君王

▲悬梁刺股

的重用，佩挂六国相印。新中国成立以后发掘出土的长沙马王堆汉墓帛书《战国纵横家书》中，就保存有苏秦的书信和游说辞十六章。

后人像苏秦那样用“苦肉计”使自己刻苦读书的也不少。其中最为有名，同苏秦如出一辙，堪与比肩的，当数系发于梁的孙敬。

孙敬，字文宝，东汉时信都人。孙敬非常喜欢读书。古时候纸张很难得，他就把柳条劈成一片片薄片，然后编织成书本状，向别人借来经籍，亲手抄写，并闭起门来一天从早读到晚。因为他几乎把所有的时间都用在读书上了，所以一年到头都很少外出。偶尔有事到市集上去的时候，市人就在他背后指指点点，议论道：“看呐，那就是‘闭户先生’呀！”

孙敬读书十分刻苦，常常对着孤灯读到深夜。他唯恐自己倦怠时昏昏欲睡，就想出一个办法：拿一条绳子，一头系着自己的发髻，另一头悬挂在屋梁上。这样，一旦自己垂头闭眼要打瞌睡的时候，头上的绳子就会拉紧头发，牵扯痛头皮，人便又被刺激醒了。多少个夜晚，孙敬就是这样，一直读到东方既白。

由于孙敬学习刻苦，长年不辍，后来终于成为东汉时的一位非常有学问的人。

（1）“悬梁刺股”这一成语是用来形容什么精神的？

（2）今天的学生自然不必仿效“悬梁刺股”的具体方法，但同样面临着不同的学习困难。请你说说，当你在学习中遇到困难时，你是采用什么具体方法去克服的？

司马迁忍辱著巨史

阅读提示

一个人做出惊天动地、震古烁今的成就，往往由于遭遇特殊的经历，练就了特别的品格。司马迁正是这样一个伟大的历史人物。他既聪颖好学，有良好的家学渊源与熏陶，又经历了常人难以想象和承受的人生磨难。最后，他成为生活的强者，以血和泪撰写成了巨著《史记》，为我国历史学竖起了一座巍峨的丰碑，赢得了“中国史学之父”的尊称，并深深影响了中国文化发展的面貌。

讲故事

古老的黄河流域为中华民族哺育了多少英才！

生活在两千多年前汉武帝时期的伟大的史学家、文学家和思想家司马迁，就诞生在黄河中游的龙门地区。

司马迁，字子长，夏阳(今陕西韩城南)人，约生于汉景帝中元五年(公元前145年)，卒于汉武帝征和三年(公元前90年)左右。

夏阳地处黄河岸边，不远处有座龙门山。龙门，是一个充满诗意和神奇色彩的地方。黄河犹如一条黄龙，从它的北面奔腾向南，咆哮而过。河左岸是龙门山，右岸是梁山，两山夹金湍，屹立如门阙，形势之险要，据说只有神龙才能腾越而上，故此称为龙门。传说这个“龙门”是大禹治水，疏导黄河时开凿的，所以也称作“禹门口”。司马迁生活在这个风景壮丽、充满神奇色彩的地方，从小就养成了热爱大自然的性格。因家境较好，生活无忧无虑，用他那文人浪漫的笔法来说，就是“耕牧河山之阳”，即过着田园牧歌式的童年生活。

司马迁有一个久远的史官家世。父亲司马谈学识渊博，通天文，懂历法，熟悉朝章典故，曾做过汉武帝的太史令。太史令是掌管编写国史的官员。司马谈写有《论六家要旨》，对先秦的主要学术流派作了颇有见地的论述，是我国古代思想史上一部十分重要的学术论著。司马迁有这样一位博学的父亲，他所受到的教育自然与众不同。

司马迁“十岁诵古文”，诸如《尚书》《左传》《国语》《世本》都一览无遗。尔后，他又向当时著名的儒学大师孔安国、董仲舒学习，打下了坚实的经学基础。

在父亲的长期培养和熏陶下，司马迁继承父业的思想逐渐明确起来。于是，在他20岁时，为了“网罗天下放佚旧闻”，在父亲的支持下，他开始漫游大江南北。

司马迁从京师长安出发，南下至江陵，渡江辗转至汨罗江畔，凭吊伟大爱国诗人屈原；沿湘江溯流而上，到九嶷山（在湖南宁远县），访求虞舜南巡死去的葬地；登庐山，了解大禹疏治九江的传说；上会稽山（在浙江绍兴市），寻找传说中大禹的葬地；北上到淮阴（今江苏淮阴县），采访韩信的事迹；又向北来到汶水、泗水一带，拜访孔子的故乡曲阜，参观孔子庙堂里的车服、礼器，对孔子兴教化、重礼仪的遗风无限景仰。又到秦汉之际风云人物的故里访问，对楚汉相争的战场（相当于今山东、江苏北部、河南东部地区）进行实地考察。最后，向西来到已是一片废墟的魏国都城大梁（故地在今河南开封西北），实地察看了信陵君驾车迎请侯嬴的夷门，不禁感叹：信陵君“名冠诸侯，不虚耳！”然后回到长安。

这次历时三四年之久的漫游，是一次壮举，对于他的思想和著述都产生了极其深刻的影响。

回到长安不久，司马迁做了郎中，虽官位不高，却得以多次随从武帝出巡。元封元年（公元前110年），汉武帝到泰山举行封禅大典。身为太史令的司马谈随从东行，但因重病生命垂危，留滞在周南（今河南洛阳）。刚从西南出使归来的司马迁，急忙赶往探视。在父子诀别时，司马谈拉着他的手，流着泪告诫他，“无忘吾欲所欲论著矣”，要他继续自己的未竟事业，完成编撰史书的重任，说完便溘然长逝了。司马迁立下誓言，一定要完成父亲的未竟事业。

司马谈死后三年（公元前108年），38岁的司马迁继任了父亲的官职，担任太史令。对此，他非常兴奋，废寝忘食地工作，更加勤奋地撰写《史记》。然而李陵之祸却不幸降临到他的头上。

事情是这样的：天汉二年（公元前99年），汉武帝派得宠的李夫人的哥哥贰师将军李广利率军攻打匈奴右贤王，李陵为后方辎重。不料李陵所率五千步兵，被匈奴三万骑兵围困，全军溃败，李陵被迫投降了匈奴。李广利本无将才，虽未遇到匈奴主力，也被打得大败。因此，好大喜功的汉武帝，情绪很坏。一些阿谀苟合之徒讳言李广利的败绩，却诿过于李陵。李陵的叛降，铁证如山，不能翻案，但也事出有因。正直的司马迁为李陵讲了几句好话，借以发泄对那些"全躯保妻子之臣"的不满情绪。汉武帝却认为他开脱李陵，贬损贰师将军李广利，于是，便以诬罔主上的罪名，叛处司马迁死罪。根据汉代法律规定，犯死罪的人可以交50万钱赎死，或以腐刑免死。司马迁专心著述《史记》，从不考虑利禄，家境并不富裕，无法筹集出50万钱，因而摆在他面前的只有两条路，不是死就得受腐刑。

在生与死的抉择中，他思绪万千，终于悟出这样一个道理："人固有一死，或重于泰山，或轻于鸿毛。"他不想马上死去，但却不是为了苟活，想到古往今来的许多圣贤都是受创不馁，发奋有为，终于实现了自己的志向，便决心下蚕室，"就极刑而无愠色"，忍受奇耻大辱的腐刑，以继续完成功垂千古的巨著。

太始元年（公元前96年），司马迁50岁时出狱，做中书令。中书令是皇帝身边的官员。这时，为了完成"究天人之际，通古今之变，成一家之言"的《史记》，他把个人的生死、荣辱都抛到九霄云外，默默地以自己的血和泪专注于《史记》的撰写。太始四年（公元前93年），司马迁53岁时，经过前后19年的不懈努力，终于完成了这部空前的历史巨著。大约此后不久，这位中国史坛上的启明星便离开了人间。他的这部著作到汉宣帝时才由他的外孙杨恽公之于世。

《史记》全书130篇，52万6千5百字，是一部百科全书式的纪传体通史巨著。它以五体结构（本纪、书、表、世家、列传），开创了以纪传体编纂史书的体例。司马迁以他的《史记》为我国历史学竖起了一座巍峨的丰碑，并赢得了"中国史学之父"的尊称。尤其是司马迁身遭凶厄而矢志不移，发愤著述的伟大品格，成为历代历朝正直史家的榜样。两千余年来，给予中国史学、中国文化以深刻影响。

(1)司马迁发愤著书，不仅战胜了肉体上的痛苦，而且克服了令人难以忍受的心理上的压力，终于写成巨著《史记》。读了这则故事，青少年朋友们，我们应该想到些什么，又应该做些什么呢？

(2)结合所学历史、地理课知识，在地图上查找当年司马迁年轻时那次壮游的路线，以领略他求学的志向和抱负。

(3)通过课外阅读，进一步了解《史记》的丰富内容。

(4)司马迁受腐刑后，曾给朋友任安写过一封信，这就是那篇著名的《报任安书》。《古文观止》中收录有这篇“其感慨啸歌，大有燕赵烈士之风”的文章，请找来认真阅读，以进一步增加对司马迁伟大人格、精神的了解。

匡衡凿壁偷光

阅读提示

匡衡家里很穷，想读书买不起书，夜晚读书点不起灯。但他竟然为了读书而“凿壁偷光”，为了借书而“佣作不求偿”，如此坚持学习。前者今人可不必效仿，对于后者，也不必刻意而为之。但匡衡这种主动想办法学习的精神则确实是令人感叹，独树一帜的。我们关键是要学习他勤奋读书、坚持不辍的刻苦精神。

讲故事

匡衡，字稚圭，西汉元帝时人。他家祖祖辈辈务农，生活一贫如洗，他从小就靠给别人干活过日子。但是，匡衡酷爱学习，常常利用劳动之余刻苦读书自修。

匡衡常常读书到深夜。由于家境贫寒，无钱购买灯油，常为此发愁。一天，他看见隔壁人家灯火通明，真是羡慕极了。望着望着，他忽然发现隔壁人家的纸窗上有一个小孔，屋内的灯光穿过小孔，射在屋外的地上，形成了一个小亮斑。他灵机一动：“如果我在墙壁上也凿一个小孔，那么隔壁屋子里的亮光不就可以射进我的屋子里吗？我用这亮光来看书，既省了钱，又可以学习，这岂不是一举两得吗！”他用刀在墙壁上的边缘处，轻轻地挖了一个小洞，顿时黑暗的房间里变得明亮了一些。这是一束多么宝贵的灯光呀！他为自己的好主意高兴得跳了起来，连忙捧着书简，靠在墙边，就着那引射来的一缕灯光，全神贯注地读了起来，忘记了白天的劳累，也忘记了夜晚的倦怠……

通过“凿壁偷光”看书，匡衡很快就读完了自己身边为数不多的书。他还想读书，可是家里穷，买不起书；向有书的人家去借，又常常碰钉子。怎么办呢？

一天，有人告诉他：“乡间有个大户人家不识字，背地里大家给他取了一个外号，叫作‘文不识’。可是，他家里却有很多藏书。你可以到他家里去借一些来读。”

匡衡听后，喜出望外，但转念一想，心里又凉了半截。他说：“你想，我一个穷人家里的孩子，他‘文不识’怎么可能无缘无故愿意把书借给我呢？”

那人想了想说：“这倒也是。不过，如果你真是很想读书的话，那么你可以到他家里去干活，不要工钱，只要求他能借给你书看。这样，我想恐怕还是可以的吧。你说呢？”

匡衡听后觉得这个主意还不错，不管行不行，应该先去试试看。于是，匡衡就跑到财主“文不识”的家里，对他说：“我愿意到你家里来干活，不要你一个工钱，只要求你能借一些书给我读。行吗？”

“文不识”看了看匡衡，衣服虽然破旧一些，但人还长得蛮机灵。他肚子里的小算盘一拨：“只借书给他看，不要工钱，白干活。真是一笔送上门来的好买卖啊！”想到这里，他急忙回答：“你提出的要求我完全答应，从今天起，你就在我家干活吧！”同时，主人也十分佩服匡衡的好学精神。

从此，匡衡就不断地从“文不识”那里得到书读。他白天干活，晚上读书，贪婪地、津津有味地读啊读啊，读完一册，又读一册。功夫不负有心人，不知不觉十年苦读过去了，匡衡终于成了当时著名的经学家，汉元帝时当上了丞相。匡衡能诗善文，尤其擅长讲解《诗经》，常引经义来议论国家政治的得失。当时的儒生给他编了这么四句诗：“无说《诗》，匡衡来；匡说《诗》，解人颐。”意思是：“你们可不要随便地解说《诗经》呀，匡衡就要来了；匡衡解说起《诗经》来，听众都会发出会心的微笑。”

(1)结合自己的情况想想,在读书求学的过程中,如果遇到了困难,你该如何像匡衡那样善于想办法、动脑筋,去解决一些经过我们努力就能克服的困难?

(2)匡衡通过刻苦读书自修,终于成为当时著名的经学家。经学,是中国历史上的一门大学问。请你查阅字典、词典,了解什么是经学,以及什么人可称得上经学家。

(3)匡衡是西汉元帝时人。你知道西汉的起讫年代吗?西汉的都城在今天的什么地方?

“朝闻道，夕死可矣”

阅读提示

自古以来，文人学士可分为三大类。第一类，是为了自身完善或追求真理而发奋读书的人；第二类，是为了“经世致用”或“售于帝王家”而苦学不倦的人；第三类，是既为自身完善，又为“经世致用”的读书人。“朝闻道，夕死可矣”的读书人，是从不考虑“老之将至”或“死之将临”的。他们追求的是：活得明白，活得充实。下面讲的就是两个抱着这种思想读书的历史名人的故事。

讲故事

黄霸，字次公，出生年月不详，卒于公元前51年，西汉淮阳阳夏（今河南省太康县）人。

汉宣帝初年，皇帝要为汉武帝修庙宇，以备天下人祭奠，于是下了一道诏书，让群臣讨论。满朝文官武将多相附会：“诏书言之有理，说出了我们的心里话，就按旨意办理吧！”没想到在这群官员中，有个叫夏侯胜的人表示反对，“汉武帝固然有开拓疆土之功，但他杀人太多，生活奢侈，使‘天下虚耗、百姓流离’，无德泽于民”，并明确表态，不赞成立庙。夏侯胜此话一出，群臣哗然，不少人马上对他进行围攻。当时黄霸任丞相长史，对立庙之事，不置一言，更没有加入围攻夏侯胜的行列，事后也没向皇帝劾奏。皇上龙颜大怒，把夏侯胜关进大牢，罪名是：“非议诏书，诽谤先帝，大逆不道”；黄霸也被加上附和、纵容夏侯胜的罪名，和夏侯胜关在一块，准备一起处死。

夏侯胜是位盛名天下的学者，对《尚书》有独到的研究。黄霸心想："这可是不幸中的一大幸也！我平时没有多少时间研究《尚书》，现在有这么一位大学者成天相伴，我为何不向他求教，学习《尚书》呢？"于是，黄霸诚恳地向夏侯胜提出自己的请求。夏侯胜听了，缓缓地对黄霸说："我们得罪了皇上，坐在这里等死，谁知什么时候被拉出去砍头呢？学《尚书》又有什么用呢？"黄霸严肃地说："孔子说过，'朝闻道，夕死可矣！'抓紧时间多学些知识，多明白一些道理，就是要死，心里也会感到坦然呀！"

夏侯胜终于被黄霸的好学精神和大丈夫气概所折服，于是，他安下心来，认认真真地给黄霸讲授《尚书》。

时间一天天地过去了，他们两人好像完全忘记了自己头上那把随时会掉下来的杀人之剑。一个教而不厌，一个学而不倦，相互切磋，学问大增。一晃就是3年。

后来，他俩遇大赦出狱，黄霸重新做官。他以为人耿直，为政外宽内明、公正廉洁而名闻天下。被后人奉作"循吏"的代表。他在狱中勤学的故事也被传为美谈。

另一个人叫谢启祚，字福存，号寿龄，祖籍山东历城，清朝乾隆年间人。

谢启祚青少年时期曾读过一些书，但由于家境贫穷，衣食无着，遂放弃了学业。

这一介书生，没想到光阴似箭，瞬然间，已花白了头发，乡下人都称他为"老先生"了。

后来，"老先生"受到名人的启发，深感读书的重要性。他体会到：人生在世不读书，就像行尸走肉一样，如同草木一般，糊糊涂涂地来，又糊糊涂涂地去，真是太可悲了！

于是，他不顾青春早逝，老之将至，整日发愤埋头读书。每天"书不离手，诗不离口"，似乎在同自己的生命赛跑。

乾隆年间，皇帝广开科举收罗人才，年龄不限。他毅然参加科考，以显自能，然屡试不第，但谢启祚老人毫不在意，因为他看中的是学问啊！他忘我学习的精神，始终没有丝毫改变。到99岁那年，他终于考中了举人，真是中国历史上的奇迹！

在人们为这位"百岁老人"庆贺的席间，谢启祚先生即席挥毫，写了一首幽默风趣而引人深思的《打油诗》：

行年九十九，出家弗胜羞；
照镜花生面，光梳雪满头；
自知真处女，人号老风流；
寄语青春女，休夸早好逑。

这位“百岁老人”的打油诗，一方面表现出自己活到老、学到老，永不停息，学有所成的愉快心情；另一方面，他殷殷地勉励青年学子学无止境，万勿自满。“寄语青春女，休夸早好逑”说得何等形象而深刻！整篇打油诗洋溢着老人乐观进取的高雅之情怀。

谢启祚在中举后的第二年，即被朝廷授为国子司业，其职位相当于今天的大学副校长。老人家在世120多年，被当时和后世人传为佳话。

（1）根据谢启祚老人的基本思想和经历，结合打油诗的全文，谈谈你自己对“寄语青春女，休夸早好逑”一句的理解。

（2）从人的本质上来说，学习对人类的生存与发展比繁衍后代更重要。“阅读提示”中我们区别了三类学习动机，同学们，你希望自己属于哪一类呢？

班家父子“曹大家”

阅读提示

班昭刻苦读书，勤奋写作，严谨治学，所以能够继承父兄事业，将《汉书》补续完成。这在封建时代，是个了不起的贡献，她不愧是中国最早的女史学家。她的贡献和成就表明，在社会文明昌盛的今天，女子只要自身努力，是一定能够做出不逊色于男子的成绩的，关键是要刻苦学习，自强不息。

讲故事

我国历史上第一个女史学家，是东汉时期的班昭。

班昭，一名姬，字惠班。扶风安陵（今陕西咸阳市东）人，生于东汉光武帝建武年间，约在公元40年左右，享年70多岁。

她父亲班彪，是东汉有名的史学家，曾做过望都（在今河北省）县令，政绩显著，吏民爱戴。她两个哥哥名班固、班超。班固也是有名的史学家和文学家；班超则是智勇双全的军事家，曾率吏士36人出使西域，屡建奇功，威震中外。他们父子兄妹很有学问，在当时都很有名望。班昭从小生活在这样一个家庭里，虽然是一个女孩子，但她从小就好学不倦，博览群书，长大成人后，终于成为一位博学多才的女学者。

班昭作为学者和史学家，最重要的贡献是她曾参加并最后完成了《汉书》的撰写工作。

《汉书》又称《前汉书》，是“二十四史”中的第二部，记载了整个西汉时期（公元前206—公元25年）的历史，也是中国第一部纪传体断代史，后世写的各朝史书，都和《汉书》的体例相同。《汉书》共120卷，由十二本纪（皇帝的传记和他在位时的大事记），八表，十志（记载典章制度），七十列传（人物传记）四个部分组成。其中的八个表，就是班昭撰写的。

班彪幼年熟读经史，善写文赋。他因司马迁著的《史记》只写到西汉武帝太初年间，太初以后的事没有记载，遂有志撰写《史记》续篇，书名《后传》。可惜班彪只写完了65篇，便因病辞世了。班固继承父志，花了20多年时间，在整理《后传》的基础上，编撰成西汉一代史书，名为《汉书》。但是，该书的“八表”和“天文志”部分还没有写完，班固却意外地因事受牵连而死于狱中。为了这部史书的写作，父亲和长兄都耗费了他们毕生的精力和才华。但该书尚未最后完成，怎么办？班昭暗下决心要继续他们的事业，使该书最后完成。这时汉和帝正在为谁来续写《汉书》一事发愁，当他了解到班固的妹妹班昭很有才学，是续写的最佳人选时，高兴极了，便马上把她从扶风调到洛阳，继续其父兄的工作，命学者马续做她的助手，还特许她到皇家藏书阁“东观”看书，参阅书籍典册和文献档案，并留她在东观里写作。

她自从接受续补《汉书》的任务后，日日夜夜在东观藏书阁里工作，查看资料，考核史实，翻阅档案，刻苦认真地编写《汉书》中的八个表。最后终于出色地完成了补写《汉书》的工作，并对班固书中散乱的篇章和芜杂之处进行了加工、整理，使《汉书》组织更严密、体例更完整、条理更分明。因此，可以这样说，《汉书》是草创于班彪，补成于班固，补阙于班昭。《汉书》最后成书，班昭功不可没。后来，她的同乡马续协助她为《汉书》补上十个志中的《天文志》。所以，这部《汉书》是由四个人编写而成的，前后历时三四十年。

《汉书》是一部比较难读的史书，书修成后，入世流传，但很多人对它还是未能理解，不能全部读通。于是善于讲解传授的班昭在东观藏书阁里给马续的弟弟、当时颇负盛名的经学家马融等人讲解，又由他们传播到社会。

由于班昭品德高尚，学问渊博，名震京师，汉和帝就将她召入宫中，让皇后，妃嫔和贵人等向她学习，拜她为师。皇后和宫里人对她很尊敬，尊称她为“曹大家”（“家”字读为“姑”）。“大家”是对有学识、有才能的妇女的尊称。而之所以在“大家”前冠以“曹”姓，是因为班昭14岁时结婚，丈夫叫曹寿。不幸的是，婚后不几年，丈夫就死去了。

班昭一生还写过不少赋、颂、铭、论等文章，文字畅美，有名于时，现在还存有《上邓太后疏》《大雀赋》《为兄超求代疏》等篇。她的文集《大家集》，现在已经亡佚。

（1）设法借阅中华书局版的《汉书》，通过阅读前面的文字说明，对《汉书》的内容有个大概的了解。

（2）人们常说的"二十四史"，是哪二十四史？

（3）女学生对比班昭，应该学习她的哪些东西？

巧借书肆来读书

阅读提示

王充少时因家境贫穷，买不起书，就想到一个主意：到街市上的书铺去读书，这等于免费进了一个庞大无比的“图书馆”。缺乏学习条件，王充就自己想办法尽量创造学习条件。不但王充这样巧借书肆来读书的精神值得学习，而且他那种在书肆中“立读”不倦的刻苦态度，也是值得称道的。

讲故事

王充，字仲任，东汉会稽上虞人（今浙江上虞县），生于光武帝建武三年（公元 27 年），约卒于和帝永元九年（公元 97 年），享年 70 岁。他是我国东汉初年一位杰出的唯物主义思想家。

王充出生时家境已经败落，自称出身“细族孤门”。他从小就没了父亲，和母亲两人相依为命。据他自述，他 6 岁即在家中开始读书识字，8 岁进馆学习，因成绩优异，后来被保送到京师太学深造。在太学深造期间，他得到当时的著名学者班彪的教导，学习十分出色。他治学的特点是喜欢广读博览，善于抓住本质问题，反对死抠字眼，纠缠枝节。

博览，就需要有大量的书来供阅读，可是王充家境贫穷，哪有那么多的钱用来买书呢？这的确是个难题。强烈的求知欲，驱使着王充千方百计地找书读。困难难不倒有心人。据《后汉书 · 王充传》上讲，王充于是“常游洛阳书肆，阅所卖书，一见辄能诵忆，遂博通众流百家之言”，成为一个博晓古今，才识过人的大学者。

王充认为，洛阳街道上有那么多的书铺，那里什么样的书都有，这不正好是一个很好的“图书馆”吗？自己又为什么不好好地利用它们呢？于是，他每天一早就来到书市上去阅读别人出售的书籍，中午饿了便啃几口干粮，一直看到晚上书铺关门。无论刮风下雨，酷暑严寒，天天如此，从不间断。读了一本又一本，读完了这家又去读那一家。这样，他终于将当时诸子百家的重要著作都读遍了。他读书非常认真，边读边思考，记忆力和理解力又强，一本新书，读一遍就能记住里面的主要内容，其中精彩的部分甚至都能背诵下来，学识长进很快。

王充一生中也有过几次仕进，但都是小官，系幕僚属吏之类的差事，没有多少实权；而且他的意见往往因位卑言轻而不被采纳，故愤而去职，在任的时间都很短暂。所以他的一生，往往靠教书维持生活，其主要活动是从事著述。王充的主要著作是《论衡》。这部书共85篇，20余万言，是他用毕生的精力和时间写成的。在写作中，他仍像过去在书肆中读书一样勤奋刻苦。为了能及时捕捉住瞬间闪现出来的思想火花，他在门旁、窗台上、床头边，甚至厕所里都放置了写作用的笔砚和竹简，想到一点，就立刻记下一点，随时想到，随时记下来。经过长期不懈的努力，他终于完成了这部著作。这部著作中那犀利的批判精神和唯物主义的见解，直至今天仍闪烁着思想的光辉。

动脑筋

（1）请谈谈王充的这种“借读妙法”对你今后利用一切条件来学习有哪些启发？你能在这方面想出一两条妙计吗？

（2）《论衡》是一部很有名的书。请通过课外阅读，找出一篇该书中你感兴趣的文章来读读。

（3）下面这些名句，都出自《论衡》，试弄懂它们的原意，并译成白话文：

“夫知古不知今，谓之陆沉，然则儒生所谓陆沉者也。”（《谢短》）“夫知今不知古，谓之盲聋，……然则儒生所谓盲聋者也。”（《同上》）

“凡贵通者，贵其能用之也。即徒诵读，读书讽术，虽千篇以上，鹦鹉能言之类也。”(《超奇》)

邴原戒酒志学

阅读提示

为了游学成功，邴原决心戒酒，8年滴酒未沾，足见其毅力之坚。有志者，事竟成。他这种坚韧不拔，严于律己的精神，正是我们今天一些青少年朋友所缺乏的。读了这则故事，我们应该认真地思索一下。

讲故事

邴(bǐng)原，字根矩，北海朱虚(今山东临朐东)人，东汉末年著名学者和教育家。其学派被称为“邴原学派”，以注重品德高尚著称。

邴原家境贫寒，11岁时又死了父亲，没有条件读书，可他自幼便酷爱学习。他家附近有个小学堂，有一天早晨，邴原背着一个打猪草的箩筐往村外走，正好路过学堂。听见学堂里传出来的琅琅读书声，邴原不禁停下脚来，悄悄地溜到学堂门口，从门缝向里瞧。他看见许多比他还小的孩子，坐在课桌后面，正很认真地大声朗读课文。邴原亮晶晶的大眼睛里充满了羡慕。他是多么渴望自己也能像他们一样，坐在学堂里读书啊！可是，他一想到自己不幸的身世和一贫如洗的家境，心里难受极了，竟伤心地哭了起来。声音越来越大，惊动了学堂的老师。老师以为外面出了什么事，赶紧跑出来，看见邴原在学堂外面哭得很伤心，就问：

“孩子，你为什么哭啊？”

邴原用手揉了揉眼睛，止住了哭声，回答说：

"孤儿容易悲哀，穷人容易感伤。学堂里那些读书的孩子，都是有父亲、哥哥的。我一是羡慕他们不孤单，二是羡慕他们能上学，心里一难过，就忍不住要流泪"。

老师听了邴原的叙述，很同情他的处境，同时，觉得这个小孩子挺聪明的，于是就对邴原说：

"好孩子，别再伤心了。你如果想念书的话，就来上学吧！"

邴原听了之后，为难地说：

"可是我没有钱交学费呀！"

老师笑了笑，对邴原说：

"好孩子，你若是真有志气，我愿意教你，不收你一文钱的学费。"

这样，邴原就进了学堂。他学习非常刻苦勤奋，只用了一个冬天，就熟读了《孝经》和《论语》。邴原在学堂里学到了许多知识，但他认为，书本上的知识还是很有限的，为了增广见闻，以求深造，他跋山涉水，到处寻师访友，出外游学长达八九年时间。到陈留，他拜韩卓为师；到汝南，他与范滂交友；到颍川，他向陈实请教；到涿郡，他与卢植研讨。没有钱游学，他就给人家打短工，混口饭吃，赚点钱用。生活虽然艰苦，但却乐在其中。这样游学了八九年，他实地学到了许多闻所未闻的知识，学问有了很大的提高。

邴原原是个很会喝酒的人，游学临行前，他担心自己因饮酒而误了学业，特地下决心戒酒。游学途中，由于他勤于修身养性，对人非常和善，既尊重老人，又爱护幼者，所以深受人们的尊敬。每到一地，人们都喜欢和他待在一起，碰上什么高兴的事，就请他一起吃饭。古时男人一般都会饮酒，席间，大家也给他斟上酒，劝请他喝。看着大家热情的样子，又闻着醇郁的酒香，邴原真有点忍不住要喝了，可他一想到自己当初立下的志愿，立刻又能自制。所以他每次都借口说自己不会饮酒而婉言谢绝了人家的好意，时间长了，大家都以为邴原真的不会喝酒。这样，邴原在外游学了八九年的时间，竟始终滴酒未沾。最后，当邴原要离开朋友们，准备返回自己家乡时，大家又备了一桌饭菜为他饯行。为了尊重他，按照惯例，饭桌上没有准备酒。可这一次，等大家都到齐了，邴原却一反常态，当着大家的面说：

"我本来是一个很能喝酒的人，但我担心饮酒会分心思，从而荒废了我的学业，所以临出走前我曾下定决心戒了酒。今天我学业已成，而且明天就要离开大家，回到自己的家乡去了。我很感谢大家这些年来对我的照顾，并且临别之际还特意为我饯行，我很高兴！因此，今天我要和大家共饮，以示谢意!”众人听了,莫不钦佩。

于是,邴原取了酒,和大家一起举杯祝贺了一番。

回到自己的家乡之后,邴原就招收了几百门徒,整日讲述礼乐,吟咏诗书。后来,门徒中出了几十位有名望的人。

当时,有个叫郑玄的人,与邴原同时,而且也是青州人。郑玄以学问渊博见长,邴原则以品德高洁著称。人们称赞说:“青州有两个学派,一个是邴原学派,一个是郑玄学派,它们各有自己的特色啊!”

(1)你在读书学习过程中,有哪些需要用毅力去克服的惰性和弱点?今后,你准备采取什么切实措施加以克服?

(2)像邴原这样为了成就自己的事业,用非凡的毅力去戒掉或克服自身惰性和不良习惯的人和事,古今中外比比皆是。请通过课外阅读,举出一两个事例,并与同学们就此互相交流。

在讥嘲声中成长起来的一代名家

阅读提示

生活的艰难，往往是使少年朋友不能读书的一个现实问题；生活太优裕，又往往是他们懒得读书的一个不可忽视的因素。还有一个不利于他们读书学习的外界因素，就是周围人的冷嘲热讽乃至家长的偏见。从下面所讲的故事中，你可以看到，只要你敢于藐视周围的恶劣环境，坚持走自己的路，也是可以成才的。

讲故事

董遇，字季直，东汉时陕西弘农（即今天的河南省宜阳、内乡以南，陕西柞水以东）人。他为人朴实敦厚，从小不但爱读书，而且很认真。到了十几岁时，已经学到了不少知识了。

汉献帝兴平年间，奸臣董卓虽然已被处死，但他的部下仍在到处烧杀抢掠；加上一连几年的大旱，粮食颗粒无收，老百姓只得剥树皮、挖草根来充饥。有的地方树皮草根都没有了，就出现了人吃人的现象。整个国家已是荒地旷野，尸骨遍布。董遇的家乡弘农一带，乃董卓部下张济的屯兵之处。天灾人祸，董遇只得随其哥哥一起外逃他乡。

兄弟俩在一个朋友处找到暂时落脚的地方后，就得自食其力、自谋生路了。地没有种的，他们哥俩就靠给人帮工、上山打柴等得来的微薄收入勉强度日。有点活时，他们就拼命干；天气好时，他们抓紧时间干。为什么呢？

因为还要积攒一点钱在冬天、雨天和没活干时过日子呀！即使在如此艰难的环境中，董遇仍抓紧一切空余时间来读书。他"怀书自濬，役闲则诵读"，即是说，董遇不管走到哪里，书总要带到那里、学在那里。他的哥哥总是讥讽他说："累得要死，不知道躺在床上好好休息一下，一有空就叽里呱啦地念啊念的，有什么用？读书饥不能当食，寒不能当衣，还是攒两个钱实在些啊！"董遇不为所动。有时董遇读书入了迷，自然会影响干活了，他哥哥又开始不高兴地唠叨起来："我看你就不要再去读那个什么破书了吧，眼下兵荒马乱，朝不保夕，一无钱，二无粮，活命都难，读书干什么呢？先把命活下来再说吧！你知道周围的人是怎么讥笑你的吗？谁像你这样不识时务，不合潮流！"董遇听了心里不是滋味，因为别人讽刺他都还罢了，而自己的亲哥哥竟这样三番两次地挖苦他、拦阻他，那谁还能理解他呢？一般人在这种内外交困的条件下迟早会退缩的，但董遇不怕被人不理解，仍然坚持不懈，以读书自乐。

每当夜幕刚刚降临的时候，董遇就把一切该干的事匆匆干完，然后在昏暗微弱的灯光下开始读书，直至深夜。困了，就用凉水洗洗脸，清醒一下，再继续读书。

天下雨了，不能外出干活，董遇就早早地起床，稍稍收拾一下，然后就坐在窗前读起书来。

冬天，塞外的黄土高原是一片冰雪世界。董遇认为这是他读书的黄金时期，可以一连好多天静心读书了。

后来，董遇把他的读书心得结集成为《朱墨别异》一书，很受世人喜爱。当人们纷纷来向他求教读书窍门时——因为董遇没有进过学堂，别人又见他总在干活，以为他读书一定有什么窍门——他就向别人介绍了读书靠"三余"的"窍门"：冬天，是一年之中的空余；晚上，是一天之中的空余；雨天，是平时的空余，这都是读书的时光。

董遇由于不怕讥嘲、巧用"三余"，终于成为三国时期有名的学者。

动脑筋

(1)在当前市场经济的冲击下,有些人一切向钱看,视读书为多余,甚至讥讽那些读书人;有的家长自己不爱读书,还找种种理由阻止自己的孩子读书。如果在你身边也有这样的现象,你会怎么办?

(2)董遇的学问是靠自学和"三余"学习法取得的。少年朋友们,你们可以把这个故事讲给那些已参加工作的成年人听听,鼓励他们珍惜时间,排除困难,努力学习,争取获得更多的知识。

吕蒙受教苦读成才

阅读提示

吕蒙原来只有“武略”，后来他在孙权的启发下“笃志不倦”，勤奋学习，终于成为一位“学识英博”的人。这个故事说明，一个人不论年龄大小，职位高低，只要抓紧时间读书学习，终会给自己带来极大的收益，干出一番事业。

讲故事

吕蒙是三国时期东吴的一员骁将，能征善战，受到孙权的赏识，23岁便被提拔为中郎将。可是，有一点是孙权放不下心的：吕蒙小时候没有机会读书，群雄争霸，缺乏政治、军事方面的雄才大略是不行的。一天，孙权把吕蒙和蒋钦召来，说：“你们如今掌管国家的要事，应该加强学习，增长计谋，以便应付魏国和蜀国的进攻。”吕蒙回答说：“我带兵打仗，整日东奔西跑，哪有时间用来学习呢？”孙权笑着说：“我并不是要让你们成为研究经典的儒生博士，只是希望你们能有些历史知识，不要光凭借勇猛打仗。你说你整日在战场上奔波，事情缠身，抽不出时间，这话不假，可以理解。但总不能说比我还忙吧？我小时候曾读过《诗》《书》《礼记》《左传》《国语》，就是没读过《易》。即使读了这么多书，当我掌握国家大权之后，还是觉得知识不够，于是又挤时间读了三史及各家的兵书，读后觉得大有收获。像你们这样聪明年轻的将领，学习后一定会收获更大，比我学起来恐怕还容易些，难道你们不能再学了吗？我建议你们最好先读《孙子》《六韬》《左传》《国语》及三史（指《史记》《汉书》和《后汉书》），以增长军事计谋和了解历史经验。孔子说过：‘整日不吃饭，通宵不睡觉地思考问题，也解决不了问题，不如学习收获大。’汉光武帝虽掌管兵马军事要务，却能书不离手，整日学习。魏国曹孟德，也称自己是老而好学的人。跟他们相比，你们应当努力学习，超过他们才对。”吕蒙听了这番话后，心悦诚服，开始刻苦读书学习。他坚持不懈，日积月累，所读的书甚至比那些学经典的儒生们都要多。

一次，被提升而取代周瑜掌握全国兵权的鲁肃路过吕蒙的住处，与他一起讨论军事韬略。交谈中好多次都快要理屈词穷，确实被吕蒙的话语所折服。鲁肃不由得指着吕蒙，感慨地说道：“我原以为你只不过有点勇武胆略，想不到你今天竟变成一个学识如此广博的人，真难以相信你是原来那个只凭勇猛杀敌的阿蒙。”吕蒙微微一笑，说道：“人与人分别多日，一定会有变化，应用新的眼光相看才对呀。你现在代替周瑜的职务，掌握国家军事大权，这是非常艰巨的工作，又加上你与蜀国的关羽相对守边，这就更加一层压力。关羽虽然年纪大，但很好学，读起《左传》朗朗上口。此人为人耿直，受人尊重，但生性很自负，好以文才武略压人。你如想成为他的对手，一定要多谋划几种策略才行。”吕蒙私下为鲁肃陈述了几种计策，鲁肃恭敬地接受了。

孙权看到吕蒙发奋读书，学有所获，心中非常高兴，他常感叹道：“人岁数大了仍不忘学习，像吕蒙那样刻苦攻读的人，恐怕是很少了。他名显位尊权大，但不以此为满足，而更加虚心地求学，刻苦钻研，轻视金钱，崇尚忠义，这种精神应该提倡，有像吕蒙这样的人做国家的大臣，不是一件可喜的事吗？”

（1）吕蒙受教苦读成才的这段故事，见于《三国志·卷五十四》，请通过课外阅读，了解一下这部书的作者是谁？大致内容是什么？

（2）三国时代的“三国”具体指哪三国？它们的地域大致相当于今天的哪些地方？

▲吕蒙发愤读书

“囊萤”“映雪”传佳话

阅读提示

一般来说，如果拥有好的学习环境和条件，一个人成才的机会要大一些。所以，我们有些同学当自己学习成绩不如别人时，往往抱怨这，抱怨那：时间有限，没人辅导，干扰太多，等等。殊不知，一味强调外因是没有道理的，因为外因是通过内因才能起作用的。当你读完下面“囊萤”和“映雪”这两个小故事后，应该明白“事在人为”的道理。

讲故事

晋代时，南平（今福建省南平县）有个叫车胤（yìn）的人，字武子。他祖父车浚，在三国时曾做过吴国会稽（今浙江省绍兴市）太守。有一年，吴县一带发生旱灾，老百姓纷纷逃荒，道路上常常出现被饿死的人。车浚上书吴王孙皓，请求开官仓济贫救灾。孙皓认为车浚“欲树私恩”，收买民心，竟以损害朝廷之罪，将其斩首，家产尽数抄没入官。自此，车胤家道败落，一贫如洗。

小小年纪的车胤，眼见家道衰落，不自怨自艾，仍然刻苦地读书，常常把吃饭和睡觉都忘了。

有一次，车胤父亲的朋友太守王胡之上门拜访，在闲谈中，发现车胤坐在窗前一动不动专心致志地在读书，他想考查一下这孩子的注意力是不是真的那么集中，就试着喊车胤的名字，可车胤“充耳不闻”，丝毫没有听到，继续读他的书。这位朋友高兴地说："您的孩子读书很专心，将来一定会振兴您的家族、出人头地的。一定要让他进一步深造，好好读书啊！"

从此以后，车胤在父亲的教导下，读书更加勤奋了。他涉猎的知识越来越广泛，学习进步很快。可是有个问题总是困扰着他：家里太贫寒了，穷得连吃饭有时都发愁，哪里有钱买油点灯呢？所以一到晚上，就不能继续读书了。

有一年夏天，车胤吃过晚饭后，就习惯性地搬了个小凳坐在门外，一边乘凉，一边默诵白天读的书。自然也有记不清的地方，他多么想翻开书本看一看、对一对啊！可是没有灯，非得等到明天才行。天热心烦，他毫无睡意。突然，一只萤火虫从他眼前飞过，他没有在意，这种小虫在夏日的乡间是司空见惯的。可是过了一会，这只萤火虫又飞回来了，带着微弱的亮光，忽闪忽闪地在他眼前飞来飞去，硬是不肯飞走。小车胤本来就因为没有灯读书而心烦意乱，现在见萤火虫不肯飞走，就随手用蒲扇朝它拍去。萤火虫被拍倒在地上，还在那里一闪一闪地发着幽蓝色的亮光。车胤把它拾起，放在蒲扇上观察着、思索着："要是萤火虫发的光再亮一点该多好啊，那就可以不用愁钱买油点灯了，我晚上也就能读书了……咦！我为什么不多捉些萤火虫来，装在透明的纱罩里，那不就很亮了吗？不是就能照着看书了吗？"他为自己突然而至的灵感而兴奋不已……

他蹦啊、跳啊，兴冲冲地跑进屋里，找了一只袋子，就向宅后的半山腰跑去。杂草丛里，无数的萤火虫漫天飞舞，星星点点，他捉也捉不完……就这样，他把捉来的萤火虫放进自制的白纱罩里，挂在桌子旁边，凑着萤火虫发出的亮光，如饥似渴地读起书来。整个夏天，他夜以继日地埋头学习。

由于车胤如此勤奋好学，数年如一日，终于成为一个很有学问的人。他一生做过吴兴太守、辅国将军、吏部尚书等官职。车胤"囊萤"苦读的故事也传为美谈。

那么，"映雪"讲的又是一个什么故事呢？

故事主人公的名字叫孙康，西晋时代京兆（今河南省洛阳市）人。他从小又聪明又懂事，而且酷爱读书，爱书如命。由于家贫，他总是主动帮助家里做一些农活，空闲时就抓紧时间学习。书中的人物、道理和故事深深地吸引着他，使少年孙康从未感到业余读书的辛苦，只觉得时间不够用。但是，令他苦恼的是，每当天黑之后就不能读书了，因为家中挤不出买灯油的钱啊！

北方的冬天是那么漫长，孙康多么可惜这么多宝贵的时间都在黑暗中默默地消失啊！即使白天学习，晚上背诵，他仍然觉得不满意，常常陷于苦恼之中。

有一年的冬天，孙康和往常一样，默诵完白天的功课之后就睡了。睡到半夜，天上下起了鹅毛大雪，刺骨的严寒把孙康从睡梦中冻醒。他眯着眼一看，天亮了！他懊悔自己怎么睡过了头呢！赶忙穿上衣服，起身下床。可等他开门一看，啊！好大的雪，大地白了，树木白了，房屋全白了！天虽然还是灰蒙蒙的，但这茫茫的大雪把屋里的一切都映照得清清楚楚。突然，一个念头闪现在他的脑子里：“映着雪光，我能不能看书呢？”他赶忙从屋里取出来一本书，对着雪光一看，啊，还真行呢！书上的字还真能看得清楚，丝毫也不逊于一盏小油灯呢！

自从发现了这个窍门之后，孙康是多么高兴啊！每天夜里他不顾刺骨的严寒，站在屋外，对着雪光忘我地读着，有时竟通宵达旦。

东汉有一位伟大的天文学家张衡说过：“人生在勤，不索何获？”孙康就凭着一股坚持不懈的勤奋精神，终于成为当时一位极负盛名的学者，还当上了御史大夫。孙康“映雪”苦读的故事也一直流传了下来。

(1)你能举出自己或其他的同学在学习生活中因外界原因，好像学习不能继续下去了，结果由于发挥了人的主观能动性，克服了障碍，得以坚持学习的例子吗？请你写一篇这样的记叙文。

(2)你知道“不使他事胜好学之心，则有进。”和“人生在勤，不索何获？”这两句话的深层含义是什么吗？

“书圣”——砥砺半个世纪赢得的桂冠

阅读提示

书法，是中华民族的国粹，世界艺术殿堂中的珍宝。秦汉以来，每个朝代都不断地涌现出一些著名的书法家。他们以各自的创造、不同的艺术风格，让后人得到了无尽的美的享受。在中国书法的百花园中，有一朵“飘若浮云，矫若惊龙”的奇葩，它就是由苦学苦练半个多世纪，终于获得“书圣”称号的王羲之给后人留下的。下面讲的这个故事告诉我们，无论你想在哪一行做出成绩来，不下苦功是不行的。

讲故事

王羲之，字逸少，祖籍琅琊临沂（今山东临沂）人，生活在公元303年至361年之间。晋王朝南迁之后，王家随迁居会稽山阴（今浙江绍兴）。王羲之出身贵族，本人亦官至右将军，会稽内史，人称“王右军”。

王羲之在为官期间，极想为东晋王朝建立一番功业，然而面对山河破碎、吏政腐败、赋役繁重、百姓疾苦的局面，虽大声疾呼，仍无济于事，终无建树。而他在书法艺术上的独特创造，却震动了当时的书苑，而且对后世也产生了极大的影响。

王羲之从小就喜欢练字，到了7岁，字已经写得很不错了。他毫不松懈，又继续练了四五年，又有些进步，但他自己总感到进步不大，为此常感不快，12岁那年，他偶然在父亲睡觉的枕头下面发现了一本名叫《笔谈》的书，里面讲的全是关于写字的方法。他高兴得如获至宝，便拿到自己的房里如饥似渴地读起来。他越读越高兴，禁不住自言自语起来："原来还有专门谈论写字方法的书啊，要是早几年能看到，那该有多好哇！"

后来父亲发现了这件事，就把他找去，责问他说："你为什么偷偷地拿我的书呢？"王羲之笑了笑没有回答。母亲见羲之不回答父亲的问话，赶忙给他打圆场，对羲之的父亲说："羲之这孩子一贯好学，拿你的书看，只不过是想把字练得更好，你就不要责备他了。"父亲说："我怎么会不希望他好好学呢？只是他年龄小，根基不扎实，等他长大一点，我自然会教他的。"

王羲之听了父亲的话，赶忙上前拉着父亲的衣袖，恳求道："古人说，有志不在年高，孩儿现在就要学。父亲，你教我吧！"他两眼望着父亲，露出急不可耐的神情。

父亲见儿子有这样强烈的学习欲望，从心眼里感到高兴，孔子说："不愤不启"，这正是他学习的好时机啊！父亲想了想，就对羲之说："你真有志于学好书法，就拿去好好地读吧！有什么体会不了的地方来问我好了。"

从此以后，王羲之简直迷进去了，他起早贪黑地读啊，练啊，慢慢地练出了一手好字。

当时，钟繇派真书（也称正书、楷书、今隶）自魏至晋，风靡于世，居书苑的统治地位。王羲之先是跟叔父王廙学书，叔父是效法钟繇的。有一天，名噪一时的大书法家卫夫人（名铄，字茂猗，也是效法钟繇真书的）来访羲之的父亲王旷，他看了王羲之写的字之后，大吃一惊。后来她对别人说："王旷家的少公子，可称为当代异才，年纪小小的，就已经领会了古人的笔意。前日，我看了他写的一幅字，用笔深邃老练，不同凡响。我辈虽然眼下被人推崇，假以时日，这孩子就会大大超过我们。每念至此，我真有些不寒而栗啊！"

王羲之后来转向卫夫人学习书法，进步就更快了。然而，使王羲之进步更快的是他所下的惊人功夫。他不但每天都把一大半时间放在写字上，就是吃饭、走路、和朋友闲聊时，也在用手指指划划，这在书法上被称为"空书"。有一次，王羲之在书房里练字入了迷，不去外厅吃饭，书童只好把饭菜送到他书房。尽管这是他最喜欢吃的蒜泥和馍馍，可他就像是没看见似的，继续埋头练他的字。书童在一旁催了半天也没用，就只好出去叫夫人来管管他。王夫人进房后，看见他手里拿着一块蘸满了墨汁的馍馍正在津津有味地吃着呢！原来他见书童去叫他母亲了，就随手拿起一块馍馍，眼睛看也不看，脑子还在想着他的字，就错将墨汁当蒜泥了。见母亲进来，他一边吃还一边称赞今天的蒜泥做得特别好吃呢！

王羲之懂得，写字的方法固然很重要，但如果缺乏深厚的功力，也不可能取得卓越的成就。他十分欣赏东汉大书法家张芝的草书，决意效法张芝勤学苦练的精神，努力赶上。他曾在给朋友的信中写过这样一段话："张芝临池学书，池水尽黑，如果有人像张芝那样酷爱书法，未必不如张芝。"

据记载，在临川（现属江西省）城东的新城山上，有一块长方形的池塘。王羲之写过字后，常在池里洗笔洗砚，日子一长，池水尽黑，因此被人们称为墨池。还有人说，除了新城山上的墨池外，浙江绍兴兰亭，永嘉积谷山，江西庐山归宗寺等处，都有他的墨池。

王羲之经过多年的书法钻研，曾把他的经验告诉别人说："练字一要运心，二要运力。何谓运力？就是'尽一身之力向臂，臂向指，指迄于尖，撮管悬臂，而后运笔。运之既久，使臂腕如铁，指尖坚劲，运笔如飞，纵横收放，心不知有手，手不知有笔。始则大字，继以小字，成年累月，临摹力学，庶几近之。'"

王羲之在吸收汉魏诸家的精华和广为流传的圆转笔势的基础上勇于创新，经过数十年的刻苦钻研，终于一改汉魏以来质朴的书风，创造了妍美流便的王派书法，在书法史上竖立了一座划时代的丰碑。

王羲之精通各种书体，而真书、行书更为人称颂。人们称他那雄健的字体、轻灵的变化为"飘若浮云，矫若惊龙"。当他在世时，他的作品就被世人视为珍品。自王羲之以后，王书逐步取代了钟书而风靡于世。

王羲之的真迹今已无存，流行于世的为其刻本。他的楷书中，以《黄庭经》《乐毅论》为著名；行书以《兰亭序》《快雪时晴帖》《丧乱帖》等为著名。尤其是他的《兰亭序》，自古以来被称为天下第一行书；草书以《十七帖》为魁首。

王羲之从四五岁开始练字，直到59岁去世为止，共练了半个多世纪，终于赢得了"书圣"的桂冠。

(1)王羲之练字，染黑了一池又一池的清水，这可能是后人对他勤学苦练的形象描述。有的同学可能会说："我又不当书法家，干吗学王羲之呢？"可你想想，在你将来的工作和生活中，哪怕学有所成，可仍然写出的是"鸡爪字"，你会作何感想呢？人们常说"字是脸面"，这个脸面是每天都要见人的啊！请你想一想，是不是这个道理？

(2)书法是我国特有的艺术形式。除王羲之外，你还知道自古以来我国其他的大书法家吗？他们各以何种书体见长？

(3)王羲之成为"书圣"，有没有什么诀窍？

“学不师安，义不中难”的释道安

阅读提示

释道安本姓卫，自道安主张出家人应以“释”为姓，并自称“释子”起，“释”就成为出家人的共姓了。提起佛教，有人会说，不就是烧香磕头，求神拜佛吗？这是一种过于简单化的看法。佛教是随社会生产力的发展而随时改造自己的。当今世界的日本、泰国等国佛教仍很流行，说明佛教也有其文化精华。譬如“大乘”教派在世俗化，社会化后，始终坚持“大悲为首”“慈悲喜舍”“诸恶莫作，诸善奉行”“自利利他”“自觉觉人”的道德观念，无疑是有积极意义的。我们向少年朋友讲释道安这位佛学界无与伦比的佛学大师，并非宣讲佛教，而是肯定他为中国佛学所作的卓越贡献和他的治学精神。

讲故事

释道安，本姓卫，人称印手菩萨，西晋建兴二年（公元 314 年）生于常山扶柳（今河北冀县），卒于东晋太元十年（公元 385 年）。道安父母早丧，幼时靠舅亲抚养。道安喜好读书，7 岁发蒙，12 岁时已粗通五经文义了。

佛教经百余年的传播和统治者的提倡之后，在当时已相当普及了。道安于 12 岁时入寺为僧，本想潜心学习佛学，但师父见他又黑又瘦又幼小，没在意于他，进寺后就安排他去种寺田。道安毫无怨言，在田间劳动中，勤勤恳恳，并认真地遵守斋戒和各种寺规，一干就是 3 年。

有一天，在下田之前，道安向师父提出借一本佛经以便在田间休息时学习。师父便选了一本浅显的《辨意经》给他，并嘱咐他不要误了农活。道安因为终于有了学习佛学的机会，十分兴奋，他边劳动，边背诵经卷，一天下来，竟把这五千言的经卷全背下来了。晚上回寺，他把《辨意经》还给师父，要求另借别的经书。师父以为这小沙弥贪多求快、好高骛远，心中不快，但也未言语，拿了一卷近万言的《成具光明定意经》给道安。没想到道安晚上回寺，却把此经还给师父，并求另借。这下师父忍不住了，板起面孔把道安好好地教训了一番。道安也不争辩，恭恭敬敬地待师父说完，便请师父对照经文，让自己从头至尾背诵了一遍。师父万万没有想到，道安全文背过，竟无一字差错！这一下，师父才发现眼前这位小和尚不但是个天才，而且勤奋，有佛性。从此便亲自课以经书，并许他随意攻读寺内藏书。道安如鱼得水，学问猛进。20岁时，师父为他受具足戒，准许他外出游学，继续深造。

道安离开了培育他的寺院和师父，来到当时政治文化中心的邺城，投在著名佛教领袖佛图澄门下。道安更加发奋地研读，主学小乘佛教，兼修大乘学说，并留意老庄玄学。不久，道安便成为一位博闻强记的佛学高手。每当佛图澄座上讲经后，道安即能复述之，并能对众僧提出的各类疑难问题一一给予解答，人们无不叹服。其时有谚语称之："漆（黑）道人，惊四邻。"（当时称和尚为道人）没多久，道安便被提拔为佛图澄的大弟子。佛图澄去世后，因时局动乱，道安便离开了邺都，四处颠沛流离，但他依然坚持研究佛典，宣讲佛经。大约在公元373年，道安为避战乱，率弟子四百余人到达襄阳，创立了檀溪寺，并以寺为中心，更大规模地讲经治学。"四方学士，竞相师之。"前秦攻克襄阳后，道安被符坚迎往长安，主持有数千僧众的五重寺，直至终老。

道安研译佛经既不迷信前辈，囿于成规；更不浮学自是。如"格义"之争就是一例。当年道安离开邺都避难雁门郡的飞龙山时，恰逢著名学僧释僧光也在此山。当时佛学翻译尚不成熟，对于佛学中深奥的佛理，人们常借儒学和玄学中的名词、概念和语言加以比附和解释，称之为"格义"。道安发现用此方法难免失真，不利于弘扬佛学。僧光不以为然，他说："我们的任务就是用通行的方法翻译好经义，而不是评判前人的是非。"道安反驳说："阐扬教理，就应力求准确贴切，大家共同探讨佛教理论，如同竞相敲响法鼓一样，只能讲求用何种方法能敲得更响，而不应该讲究谁先孰后。"

"格义"之争涉及的翻译学问题，至今日，仍是各国文化交流中碰到的棘手问题。某种类型的文化人要想全面而准确地理解另一类型的文化是不容易的，而翻译之后，读者的理解又可能使它再次失真。道安能于一千多年前发现此问题，并力图纠正，是十分难能可贵的。尔后，道安根据自己的实践，总结出佛学翻译上的"五失本"（五种情况下要改变原文的表达方式）和"三不易"（三种不易翻译的情况）经验，提请佛经翻译者注意和参考。他本人主持翻译佛经十余部，近二百卷，百万余言。道安为中华文化作出的另一个巨大贡献是第一次为佛经编纂出综合性目录，即《综理众经目录》，为中国佛学的流传、发展与研究打下了牢固的基础。

（1）请你简单谈谈佛教与封建迷信的区别。

（2）释道安为什么能从一个不起眼的小沙弥成长为佛教首领和国师？他对中国佛教的贡献有哪些？

一生笃学誓不娶的刘勰

阅读提示

刘勰一生笃学、终身不娶，对中国，乃至对世界文化的发展都作出了重要贡献，为后人所仰慕。当然，刘勰“不娶”的做法，我们并不赞同，也不值得仿效；我们视为楷模的是：刘勰终身勤奋学习，把自己的毕生精力贡献和服务于社会的精神。

刘勰的辛勤耕耘，使我们能直接阅读在世界上以多种文字流传的《文心雕龙》。《文心雕龙》问世后，为历代学者所推崇，影响了一批又一批中国文化人的成长道路。

下面的故事除了着意于刘勰一生笃学的史实介绍外，也简单介绍了一下《文心雕龙》这本书，希望能引起少年朋友们的注意。

讲故事

刘勰，字彦和，南朝梁代东莞莒县(今山东莒县)人，世居京口(今江苏镇江)。大约出生于公元465年，卒于公元521年。

刘勰的幼年，是在贫穷与辛酸中度过的。他的父亲虽一度做过低级武官，但去世得很早。当时的政治十分腐败，统治者只顾追求自己的奢侈生活，对老百姓横征暴敛，苛捐杂税之多无法统计，逼得老百姓妻离子散、四处逃荒。刘勰的父母就是因为身染重病、丧失了劳力，甚至连逃荒要饭的力量都没有，而被活活饿死的。幸运的是，刘勰家有个好邻居，刘勰的父母死后，他们对幼小的刘勰时常照顾，总是接济小刘勰一些食物，才使刘勰活了下来。俗话说：穷人的孩子早当家。艰苦的生活磨炼了小刘勰的意志，7岁时他已经能够自立了。每天天蒙蒙亮，刘勰就起床到山上去打柴，然后把柴背到镇上去卖，换取一点微薄的收入来勉强维持生活。

10岁那年，有一天，刘勰同往常一样，把从山上砍的柴背到集镇上卖了后，拿着换回的一点食物往家里走。突然，他听到离大路不远的学堂里隐约传来一阵阵的读书声。他择路走到学堂的窗边，悄悄地立在那儿听先生讲课。先生讲的道理、学问和古代的人物，让小刘勰听得入了迷，直到下课了，他才依依不舍地离开。在回家的路上，刘勰心想："我正愁没钱不能上学读书呢！这样一来，不是既可读书，又可照样上山砍柴了吗？"从此，刘勰总是早早地上山砍柴，早早地赶到集镇上去卖，然后赶到学堂去听课。碰到不能上山的日子，小刘勰甚至整天都站在学堂外听课，多少年从不间断。

转眼间，刘勰已长到16岁了，他因为专心苦学，学冠一方而名闻乡里。古时候，男子长到16岁时就要把头发扎到头顶上，叫作"束冠"，表示已经成年了。男子成年后，做父母的一般就得开始准备为儿子完婚了。刘勰父母早亡，结婚的事自然由他本人做主，他家虽然穷，但凭他这么一个又勤劳、又有学识的小伙子，要找个媳妇是十分容易的。但刘勰把这一切都放到了脑后。

刘勰对从小照顾自己，使他幸免一死的邻居的女儿的态度最能表明他的决心。刘勰自立后，怀着对邻居的感激之情，总是帮邻居家干些出力气的活，邻居家有什么好吃的东西，也是一定要刘勰过来尝尝的。邻居把他当儿子，刘勰把邻居视为父母，感情非常融洽。邻居家的女儿，比刘勰年纪小一岁，自幼一起玩耍，青梅竹马，一块长大，两人性情也十分相投。刘勰成年后，邻居曾多次暗示，要刘勰按古时的风俗开口提亲，刘勰当然知道邻居的意思，但他心目中还有另外一个目标在深深地吸引着他，为了这个目标，他愿牺牲一个正常人的生活。这个目标就是著书立说！

刘勰看得很清楚，如果要结婚，没有比娶邻居的女儿更合适的了。一旦结婚，他就得承担起一个家庭的全部责任：老人得养老送终；孩子要抚养、教育；全家人的生活就得依靠他去劳动。整日、整月、整年的劳碌奔波，哪里还会有时间读书、思考、著书立说呢？所以，他对邻居的暗示只能装聋卖傻了。他成天不停地干活、读书、写文章，过了一段时间后，邻居见刘勰毫无动静，也猜出了他的意思，就不再提起了。

刘勰的学问越来越大，名声也越传越广。人们见刘勰不结婚，以为他是在挑剔，于是四乡邻里家境稍微像样子的人家纷纷差遣媒人上门提亲。刘勰总是如实地把自己的打算告诉来人，可是人们都不太相信，上门提亲的人还是没有断。

刘勰为了安安静静地读更多的书，为了向人们表示他确实笃学不娶的决心，在一天早上，当人们还未起床的时候，他挑着一副担子，担子里面装满了书籍，悄悄地离开了他生活了20年的屋子，向南京郊外的定林寺走去。从此以后，他就潜心向定林寺佛学大师僧佑学习，同时也为寺庙里干些杂活，如同我们现在所说的“半工半读”一样。

定林寺环境清幽，藏书丰富，刘勰一住就是十几年。这十几年里，他读的书数量惊人，这为他日后撰写《文心雕龙》打下了深厚的基础。

经过十几年的静心苦读，在良师的指引下，刘勰已经是一位颇有名望的学者了。他精通佛教经纶，尤以《文心雕龙》名闻天下。刘勰为什么要写这部著作呢？这本书又写了些什么内容呢？

据刘勰说，当他刚满30岁的时候，曾梦见了孔子，孔子说：“三十而立。”因此，他决意宣扬儒学。如何宣扬呢？为儒家经典作注释、诠释，是个好办法，但他感到自己技不如汉代的大儒马融、郑玄，不敢再重做他们做过的工作。用写文章来阐发儒学，是一条很多人愿意采用的方法。但是，自汉以来的许多文章实在令他感到不满意。古人云：“工欲善其事，必先利其器。”为了使现世和后世学子能更好地宣扬儒学，就必须先解决如何写好文章的大问题。经过四五年的呕心沥血，《文心雕龙》问世了。这部空前的“体大思精”的文学理论著作的成就，可简单概括为以下几点：

一、在文学创作方面，反对无病呻吟。认为只有“感物吟志”“辞以情发”才能写出好的作品来。

二、认为文章的内容重于形式。对南朝时期“竞一韵之奇，争一字之巧”、拼命追求辞藻、对偶、声律“美”的形式主义文风大为不满。他大声呼吁：要“为情而造文”！

三、在艺术风格方面，刘勰认为：所谓艺术风格，是由作者的才能、气质、师学、专次等凝结而成的。所以，不可能千人一面，强为统一，而是应该允许不同风格的自由发展。

四、对于文学批评，他提出了“六观”，即从体裁的安排，辞令的运用，继承与变革，表达的奇正，典故的运用，音律六个方面来评价一篇作品。

在《文心雕龙》里，刘勰反复强调了“学业在勤”的道理。他说，积累丰富的学识是艺术构思的基本修养。作者艺术个性的发展，全凭"功以学成"。

他告诫人们"学慎始习"，尤其是小孩子开始学习时，一定要选择好书，否则，以后就难以纠正了。

在治学方法上，他总结出一条"即要博，又要约，由博到约，再由约返博"的治学规律，这是很值得人们仿效和重视的。

(1)自古以来，中国就有"道无文不远，文无道不行"的说法，意思是说：好的道理如果没有好的文辞是传不远的；光有好的文辞而没有一点像样子的内容也是没有影响力的。同学们，在你们读过的作品中，使你们感受最深的作品是哪些呢？它们是"文""道"俱佳的作品吗？

(2)故事中已介绍了《文心雕龙》的主要四点成就，根据你平时的习作，谈谈你的感受并与同学们交流一下。

不爱王侯位　但求学问深

阅读提示

在艰苦的生活条件下，奋发学习，坚持不懈，确实需要顽强的毅力。如果条件十分优越，乃至终身可不为“稻粱谋”，也能不自宠自骄，淡薄钱财，自甘辛苦，修身为学以追求人生的事业，同样是难能可贵的。晋代诗人阮籍曾对因“才财”自误的人留下两句诗：“膏火自煎熬，多财为患害。”如果能体会这其中的道理，对我们许多青少年朋友来说，是不无裨益的。

讲故事

南北朝的时候，在今河北省盐山县（古称渤海饶安），有个名叫刁冲的人，其曾祖父刁雍人称镇东将军，被朝廷封为东安侯。由于刁冲的父亲早逝，刁冲小时候就继承了东安侯的爵位，社会地位十分显赫。另外，家有祖母，视他为“掌上明珠”，百般怜爱。

小刁冲在这样优越的条件下，从不放纵自己。他克勤克俭，在祖母的指导下努力学习，认真读书，十多岁时就已读了很多书。书，打开了他的眼界，但他不满足于家学，而决定外出求师，做一个有学问的人。老祖母自然不同意，声泪俱下，苦苦地挽留。小刁冲乃王侯之躯，又未经过什么磨难，老祖母怎能放心呢？但是刁冲为了学业，一再安慰他的祖母，毅然离家外出，寻师求学。

俗话说:“在家千日好,出外事事难。”外出求学对刁冲来说的确是一个严峻的考验。那时的交通依靠的是骡马或步行,路途的辛苦不言而喻。那时的学堂十分俭朴,读书的清苦自不待言。但这一切没有使刁冲退缩。在学堂里,他同其他的学生同吃同住。老祖母虽然给刁冲派来了两个仆人,但他不要他们代劳,总是自己动手。学生们为了节约,大家轮流烧火做饭,刁冲也不特殊。在学习上,他从不放松自己。老师讲课时,他专心致志地听,课后刻苦温读。风霜雪雨,冬去春来,通过多年的苦学,他不但学遍了儒家经典,尤其精通东汉末年著名的经学家郑玄的学说,而对阴阳、算术、天文等也有研究,以至许多文人学士和达官显贵都很敬佩他的学识。四面八方不远千里来向他求教的人每年多达数百人。那时,他已成为一代名家。

无独有偶,在明代又出了个叫朱载堉的人,乃皇家宗室郑王爷朱厚烷之子。皇族的生活自然荣华富贵,但生活的优越并没有使他放松对学习的追求。无论对史经、算术、天文,他都做到了“笃学有至性”。由于他聪慧好学,全家人对他继承爵位、光宗耀祖抱有莫大的希望。没想到朱厚烷因事直谏皇上,得罪了明世宗。朱厚烷的叔叔又落井下石,上书诬陷,致使朱厚烷被皇上削职免爵,锒铛入狱。少年朱载堉,愤然搬出王宫,在宫门外搭间茅屋安家。他独自一人,睡草席,吃糠粑,埋头读书。他除遍览经书及二十一史外,还涉猎于乐律、舞蹈、历学、度量衡等方面的书籍,特别醉心于音乐理论的研究。朱载堉就这样生活了整整19年,直到明穆宗即位,大赦天下,朱厚烷被“平反昭雪”,官复原职,朱载堉亦又重新搬回了王宫。

朱载堉回到王宫后,并没有放弃19年来的苦学精神,他充分利用丰富的皇室藏书,重点研究乐律与历学,拜前辈韩邦奇、王廷相等人为师,决心在乐术上有所建树。为了潜心钻研,他接连上疏,坚决放弃了继承父亲郑王爵位的权利。为了让儿子自立,他也放弃了他儿子享有的世袭权。经过十多年的刻苦钻研,在朱载堉60岁的时候,他终于完成了在音乐理论方面有重大突破的辉煌巨著《律吕精义》,对后世影响很大。加上他写的《乐律全书》《律吕正论》《律吕质疑辩惑》及《嘉量算经》等数十种书,成为中华民族的优秀文化遗产,在中国文化史上取得较高的学术地位。

(1)除了刁冲和朱载堉外，古今中外的历史上，你还知道多少类似他们的文化名人？请你讲给同学们听一下。

(2)如果学习仅仅是自我谋生的手段，刁冲和朱载堉却放弃了优越的物质享受而苦苦学习，是不是太傻了呢？那他们又是为了什么？

(3)现在的人习惯把独生子女称为家中的“小太阳”，但真正的“太阳”不仅仅是有不少“行星”随其旋转，而是需要燃烧自己，照亮和温暖别人的。如果你处在这个位置，又是怎么做的呢？

房玄龄博览群书洞识天下势

阅读提示

中国自古以来便有《春秋》决狱、《孝经》退敌，半部《论语》治天下之说，固然夸张，但以“六经皆史”的观点来看，社会的变迁既然仅是封建王朝的更迭，那么“以史为鉴”的读书之法也还是有其可取之处的。但也有另外一说：“世事通晓皆学问，人情练达即文章。”大致说来，前者是从书本到现实，后者是从现实到学问。有此两能，小者可“修身、齐家”，大者可“治国、平天下”。唐朝的开国宰相房玄龄就是这样一位英才。

讲故事

提起唐朝，我们常会不自觉地升起一股自豪之情，中国历史上的这一庞大帝国，曾对其他国家与民族的发展产生过巨大影响，其文治武功彪炳史册。唐朝开国后的上百年里，国力强盛，人才辈出，百姓安居乐业。之所以能取得这么大的成就，除了唐太宗及后面的几位皇帝比较贤明外，也是同几位贤达的宰相相继鼎力相辅分不开的。这就是人们常说的“前有房杜，后有姚宋”。房者，指的就是房玄龄。

房玄龄，字乔。齐州临淄（今山东淄博市）人。生于公元579年，卒于公元648年。其父房彦谦，曾任隋朝泾阳县令。其好读书，精通儒家经典。房玄龄自幼聪明好学，在父亲的亲自教授下，通读了儒家经典和历代史书。房玄龄读书从不满足对字、词、句的表面理解，也不一本一本地死记硬背，而是重视融贯所学之书，从整体上把握书中所讲的精神和道理。这样，他所学到的知识就更牢固，也更灵活。到了后来，往往是其父刚刚对某个问题讲了一个方面，房玄龄就能接着讲出两个方面、三个方面来，令满腹才学的父亲高兴不已，赞许儿子这种举一反三、学而能思的学习方法。

房玄龄深知经世致用非有真才实学不可。因此，他非常注意把书本上的知识运用到实际中去。国家的政策大事、三公大臣的处世为人，老百姓的疾苦等等他都十分留意观察和分析，以史为鉴，往往能得出比较正确的结论。

公元589年，隋文帝顺应人民厌恶长期战乱和分裂的要求，凭借强大的军事实力，消灭了陈王朝，统一了全国。过了两年，房玄龄随父来到京城长安。在去长安的路上，房玄龄了解到许多下层社会和上层官僚的实际情况：隋朝刑罚苛重，农民没有土地耕种；皇亲国戚专横跋扈，生活腐化，等等。于是，他对父亲说，隋王朝长不了。父亲问其故，房玄龄答道："今日的皇上无功无德，没有威仪。他原本是周朝皇室的近亲，私自窃取了周朝的天下后，才坐上皇帝宝座的。现在他又在不断地坑骗老百姓，这怎么长得了呢？《尚书·蔡仲之命》中不是说过'皇天无亲，惟德是辅。民心无常，惟惠之怀'吗？《礼记·缁衣》中也说过'君以民存，亦以民亡'。当今皇上一无功德，二失心于民啊！既当了皇帝，他又不为国家和自己的后代及千秋大业着想，任意妄为、嫡(dí)庶不分，把封为藩王的庶子与继承皇位的太子相混淆，将来必定会发生宫廷内乱的。《晋书·江流传》中有'寇发心腹，害起肘腋'之语，指的就是这种变生肘腋之祸。那时隋王朝就难保了。今天之所以还太平，是因为许多问题都还未发展到激烈的程度啊！一旦问题爆发出来，大隋帝国的灭亡，就会像跷脚趾那样简单，那样快速了！"

父亲听了房玄龄的一番议论，大为惊诧。小玄龄当时年仅12岁呀，他竟能根据自己所学，指点天下大事，竟不乏过人之见识。要知道，三国、两晋、南北朝的几百年的分裂局面今日方始得到大统一，人们普遍认为大隋帝国来日方长啊。他不敢相信12岁小孩子的话，只是嘱咐小玄龄不可随便说出去，以免引来灾祸。

事实上不过10年，房玄龄小时候的这一番分析就得到了应验。公元600年，隋文帝的第二个儿子杨广，要弄阴谋诡计把当了太子的哥哥杨勇排挤下去，自己当上了太子。4年之后，登上太子之位的杨广生怕夜长梦多，急欲尽早登上皇位，于是冒天下之大不韪，"杀父篡位"。他杀死了亲父隋文帝，自己做了皇帝。他就是中国历史上有名的暴君——隋炀帝。隋炀帝登基后，更加横征暴敛，更加骄奢淫逸。开运河、增徭役、兴兵役、风流下江南，老百姓苦不堪言。公元611年，山东长白山农民起义，各地农民纷纷响应。公元618年，隋炀帝被处死在扬州城。隋王朝灭亡。

房玄龄在隋朝末年曾中进士，任隰城尉。虽为一介城尉，房玄龄却心怀天下，通晓世事，练达人情。当李渊从太原起兵反隋，李世民领兵入关中，房玄龄就看准了秦王李世民有一统天下、济世安民的雄才大略，于是，毅然反隋，投奔秦王，追随李世民南征北战，东征西讨，为秦王府广招天下英才，出谋划策，功勋卓著。

李世民当了皇帝之后，房玄龄即为唐朝首任宰相。由于他博览群书，通晓世事，为稳定初唐政权制定了许多切实有效的政策，同杜如晦，魏征等人一起辅佐唐太宗开创了被后世史家称羡的“贞观治世”。房玄龄作为开国元勋、一代贤相，在历史上留下了生动的一页。

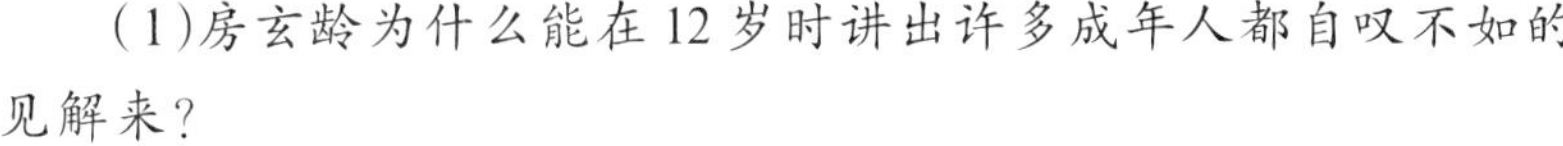

（1）房玄龄为什么能在12岁时讲出许多成年人都自叹不如的见解来？

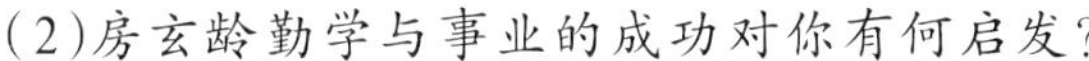

（2）房玄龄勤学与事业的成功对你有何启发？

“舍命求法”泽后人

阅读提示

一千三百多年前，在各种条件都极为有限的极其艰苦的情况下，唐僧玄奘不畏艰险，经过万里跋涉，远去佛教圣地印度求学问惑。这种“舍命求法”取经的精神，其实就是一种为了追求真理而不畏牺牲的精神。有了这种精神，读书、做学问，就有了最为可靠的基础，一切困难也就都可以不在话下了。

讲故事

一千多年来，明代吴承恩的小说《西游记》中唐僧取经的故事已经家喻户晓，妇孺皆知，为人们所喜闻乐见，并且鼓舞人们为寻求真理而不畏艰难，勇往直前。其实唐僧取经的故事，是有真人真事作“底本”的，他就是被近代大学者梁启超誉为“中国佛学界第一人”的唐僧玄奘。

据《旧唐书·玄奘传》记载，玄奘，俗姓陈，名祎，洛洲缑氏（今河南偃师）人，世家出身。自幼聪明，在家庭和社会环境的影响下，养成了广泛探索学问的志趣，尤其是爱好当时风靡的佛学。他 11 岁即能“诵维摩·法华”，13 岁在洛阳净土寺出家，15 岁以后在长安、成都等全国各地遍访名师，刻苦钻研佛理。28 岁时被推荐移住长安大寺院庄严寺。因为他精通印度佛学中的《经藏》《律藏》和《论藏》，所以被人称为“三藏法师”。玄奘经过长期钻研，发现流行的许多佛教学说，似乎都有根有据，但考辨源流，却又感到有许多东西还没有真正弄清楚。恰好此时，天竺（印度）学者波密罗多来中国，介绍印度那烂陀寺戒贤所著《瑜伽师地论》，并认为这部论著可以总赅佛家学说。于是，玄奘下定了“誓游西方，以问所惑”的决心。

唐太宗贞观元年（627 年）（一说贞观三年），玄奘离开长安，开始了他向中印度那烂陀寺的万里长征。在一千三百多年前，人类缺乏地理知识，交通条件又极为落后的状况下，要徒步由中原走到遥远的印度，途经荒无人烟的沙漠，高耸入云的雪山和虎豹出没的原始森林，这该是怎样一条漫长艰苦，充满危险的道路！该需要多么巨大的勇气和毅力啊！但这一切都难不倒矢志西行，“舍命求法”的玄奘。他西去玉门关，取道伊吾、高昌（今新疆吐鲁番），出葱岭，又穿过铁门关，爬过大雪山（即阿富汗的兴都库什山），克服了种种艰难险阻，终于在第二年的夏末，到达北印度。以后又进入中印度，瞻仰了佛教六大圣地，足迹遍及四十余国。贞观五年，进入伽耶城（今印度比哈尔邦加雅城）东北的那烂陀寺学习。

那烂陀寺是印度的最高学府，建寺已有 700 多年，方丈戒贤法师，继承无著、世亲、护法的学说，精通瑜伽、唯识、因明、声明等学理，是印度佛学权威。戒贤收玄奘为弟子，破例专门给他讲《瑜伽论》，历时 15 个月。玄奘在那烂陀寺苦学 5 年，遍览一切佛教经典，兼通婆罗门教经典和梵书，成为当时第一流的佛教学者；他又用了 6 年的时间，到印度各地去游学，先后向十多位佛学大师求教问学，学识达到了十分精熟的境地。6 年后回到那烂陀寺，以留学生的身份，主持该寺的讲席，给全寺僧众开讲《摄大乘论》和《唯识抉择论》。玄奘用印度话开讲经义，论述精辟，说理晓畅，听者踊跃，一时声名远扬。

贞观十六年（642 年），玄奘应中印度国戒日王邀请，参加在曲洲城（今印度北方邦坎诺吉城）召开的学术辩论大会，到会的有 18 国国王和佛教大小僧侣三千多人，婆罗门和其他宗教教徒两千多人，以及那烂陀寺僧众四千余人。玄奘以自己撰写的《会宗论》和《制恶见论》，慑服了各派信徒。一连 18 天，参加大会的数千名专擅雄辩的学者，无人能对玄奘精深的理论提出驳难。大会结束时，按照印度古法，玄奘坐在大象上，由高贵的大臣相护卫，在城内巡游庆贺。万千观众向他欢呼礼拜，焚香敬花。从此，玄奘名震全印度。直到今天，玄奘在印度人民心中，还是一位“圣人”。

贞观十七年（643 年）（一说贞观十九年）春天，玄奘载誉归国，带回多年搜集的佛经，佛像。他在于阗写好表文向唐太宗请求允准回国，唐太宗看到表文，高兴地亲自写了敕文“速来与朕相见”，并派人迎劳。贞观十九年正月，玄奘如凯旋的将军回到长安，受到朝野僧俗的热烈欢迎。他带回的经典、佛像等物什，在长安壮丽宽阔的朱雀大街南端公开展览，据说，观众排成数十里的队伍。不久，唐太宗在洛阳接见玄奘，对他光大佛学，万里取经的伟大精神勉励有加，并劝他还俗做官。他婉言辞谢，表示决心献身于佛学翻译事业。同年三月，玄奘住进长安弘福寺。在唐太宗的支持下，由朝廷供给所需，征召各地高僧、学者，组成规模宏大的佛经译场，开始了长达19年的译经工作。

玄奘专志不懈献身译经，19年中共译经75部，1335卷，1300多万言。他不仅系统地译介了反映5世纪时印度佛教全貌的全部基本著作，而且还在晚年译出了佛教经籍中最大的一部经《大般若经》600卷。这辉煌的成就，在中国译经史上是震古烁今的。他的翻译，历史上称作“新译”。他提出的“既须求真，又须喻俗”的译文原则，可以说是近代翻译大师严复提出的“信、达、雅”译文原则的滥觞。在中国翻译史上，玄奘和东晋的鸠摩罗什，南北朝的真谛，并称为三大翻译家。他是“新译”的创始者，不但由此创造了唐朝在翻译史上的极盛时期，而且在翻译史上写下了划时代的一页。

玄奘还根据唐太宗的敕令，由他口述，弟子辩机记录，用一年多时间写成《大唐西域记》。这部书共12卷，将玄奘在十多年的旅游生活中所经历的110个国家和所传闻的28个国家加以分类记叙，举凡历史沿革、地理区划、民族源流，物产气候、风土习俗、文化政治等都一一陈述，内容广博，条理明晰，许多中、南亚情况，多为《新唐书》和《旧唐书》所未载，是研究中亚细亚、阿富汗、巴基斯坦和印度古代历史地理的宝贵资料。19世纪以来，《大唐西域记》已先后被译成英、法、日、德等国文字。

唐高宗麟德元年（664年），玄奘由于积劳成疾，在长安郊外的玉华寺圆寂。这位享年65岁的大法师，将其毕生精力献给了他所为之探求，传播的佛学宗教事业。

玄奘西行取经的文化影响，已经远远超过了他取经的主观目的和直接效果，在中国以及东方文化史上占有重要地位。他不仅是国际学者一致公认的杰出的翻译家和佛学理论家，而且是中古时代一位坚苦卓绝的伟大旅行家，17年中行走了5万里，游历了110国，这是世界历史上旅行家中所罕见的。他的游记也早已被公认为不朽的世界名著。

▲玄奘与《大唐西域记》

(1)《西游记》中对唐僧取经大致是如何描绘的？

(2)简要谈谈佛学是一门什么样的学问？

呕心沥血的李贺

阅读提示

人们吟诵“黑云压城城欲摧”“天若有情天亦老”等名句时，自然会想起天才而又短命的诗人李贺。李贺的确天赋不凡，才华过人，文思敏捷。读了下面的故事，你将看到，这一切离不开他的呕心沥血。他在诗歌艺术上的杰出成就，是他心血的结晶。天才出于勤奋，天才就是勤奋，这是一个永恒的真理。

讲故事

李贺（公元790—816年），字长吉，我国唐代中期杰出的、才气横溢的青年诗人。他出生于福昌（今河南宜阳），是唐朝远支宗室郑王李亮之后。

李贺的一生几乎都是在坎坷愁苦中度过的。他虽然出身皇族，可是到了他父亲的时候，家世已经衰落。父亲做过边疆小吏，死得很早，遗下李贺和幼弟同母亲相依为命。李贺还有一个姐姐，嫁给了王姓。李贺曾用“日暖自萧条，花悲北郭骚”的诗句来述说其身世困顿，家境寒素。据《吕氏春秋》上记载，齐有北郭骚者，靠结网织履奉养母亲。李贺有母而家贫，故他自比北郭骚。

可能是天赋和后天家境的原因，李贺从小聪慧好学，据说他在7岁的时候就会作诗，并且由此而名动京师。当时，大文学家韩愈和皇甫湜不相信，他们说：“若是古人，我们不知；若是今人，岂有不知之理？”一天，二人骑马来到李贺家，有个头梳抓角的小孩出来迎接他们，他就是李贺。韩愈、皇甫湜面试李贺，让他当场赋诗一篇。李贺成竹在胸，欣然命笔，旁若无人，片刻写就，题为《高轩过》。二人看了大惊，赞叹不已。此事遂成为文坛佳话，为历代士人所乐道。清朝人王琦在《李长吉歌诗汇解》中对李贺7岁作《高轩过》提出怀疑，近代也有人指出此诗当为李贺18岁前后所作。虽然李贺7岁写《高轩过》一事，未必信实，但是他的早慧敏捷，则是无疑的，否则就无法解释他在短短27年的一生中在诗歌创作上何以能够达到如此杰出的艺术高度。

天才出于勤奋。李贺超人的才华、敏捷的文思，是他呕心沥血的结晶。

每天，当太阳刚刚从东方升起，那些公子王孙们还在梦中的时候，李贺已骑上一匹瘦马，带着书童，背个破锦囊，离开家门，四处出游了。一路上，他仔细观察所见到的景物，为使它们能在自己的诗歌中得到艺术的表达和升华而搜索枯肠。每有所得，他立即记在纸上，投入破锦囊之中。晚上归来，再把白天记在纸片上的字句整理成文，投入另一囊中。除有特殊情况之外，天天如此，从不间断。李贺在写作的过程中，态度严肃认真，一丝不苟。只字片语，都要经过反复推敲。“长歌破衣襟，短歌断白发”，就是他呕心沥血、辛勤写作的真实写照。母亲看到他为作诗如此痴心投入，心疼地说：“这孩子是非要呕出心来不可啊！”

李贺昼夜苦吟，劳累过度，身体十分瘦弱，年纪轻轻的，头上却出现了一根根白发。他曾在诗中这样写道：“日夕著书罢，惊霜落素丝。”他的身心健康受到严重的损害，致使年仅27岁，就过早地结束了年轻的生命。据说，他临死之前，梦见一个穿大红衣裳的人，驾着赤虬（qiú，古代传说中的一种龙）而来。红衣人对李贺说，上帝造了白玉楼，让你到天上去写文章。李贺说，阿㜷年老有病，我不愿意去。红衣人说，天上的差事乐而不苦。李贺无可奈何，只得告别母亲，离开了人世。这个传说为诗人的早逝增添了浪漫主义色彩和悲剧气氛。

李贺死前，把平生所著诗歌四编233首托付给好友沈子明。后来，沈子明嘱诗人杜牧为之作序。不过，现在流传的版本，通常为219首或242首。李贺在我国文学史上，占有重要地位。他的诗歌很有特色，承袭了屈原的浪漫主义传统，力求创新，色调浓艳，想象力丰富，具有强烈的浪漫主义色彩。李贺在世时，他的诗歌就深受人们的喜爱，当时就曾有数十首作品，被谱曲入乐，广为流传，而且常常是每篇一出，乐人就用重金购去。他的一些名句，如“黑云压城城欲摧”（《雁门太守行》）“雄鸡一声天下白”（《致酒行》）“天若有情天亦老”(《金铜仙人辞汉歌》)“桃花乱落如红雨”(《将进酒》)等,至今仍为人们所传诵引用。

(1)李贺的《雁门太守行》是一首歌颂边塞将士为削平藩镇、维护国家统一而以身报国、激烈战斗的名诗。请你把这首诗的原文找来阅读,并分析它的艺术特色。

(2)“黑云压城城欲摧”“雄鸡一声天下白”“天若有情天亦老”“桃花乱落如红雨”,李贺的这些名句的原意,你弄懂了吗?

自古少年多俊杰

阅读提示

俗话说有志不在年高。历史上许多卓有成就的人物，早在幼年时期就脱颖而出，这说明年纪小也可做出不平常的成绩，更重要的是能为今后更远大的发展打下基础。现代社会，人的成才期也在往前移。今天的人，更应该有从小发愤，尽快成才的雄心壮志，并为此而努力奋斗。

讲故事

古代有出息、有成就的文人学者中，有不少是在年少时就脱颖而出的。

唐初四杰中首屈一指的王勃，少年时代即才华出众，他的《滕王阁序》是文学史上脍炙人口的名篇。

14岁时，王勃就能写出漂亮的文章。据说，有一次，他去交趾（古代地名，指今五岭以南一带的地方）探望他父亲。路过南昌的时候，正值9月9日重阳。洪州都督阎公打算那天在滕王阁上举行一次宴会，想借此机会显示一下自己女婿的才华。事先，他就让女婿写好一篇宴滕王阁的文章。宴会刚一开始，他故意拿出纸笔，遍请宾客们写作。那些世故的文人们明白都督的用心，都说担当不起，推辞了。王勃作为一个“童子”参加了这次盛会。当都督请到他的时候，他一点也没有谦辞，接过纸笔就写，这一下就打乱了都督原先的安排。阎都督非常生气，就借故更衣，退出了宴会。可他又不放心，就专门派人去探听王勃写了些什么。起初，探听的人报告说：“南昌故郡，洪都新府。”都督笑道：“这不过是老生常谈罢了。”接着又报告说：“星分翼轸，地接衡庐……”，阎公听了便沉吟不语。当听到“落霞与孤鹜齐飞，秋水共长天一色”一句时，这位都督“矍然而起曰：‘此真天才，当垂不朽矣。’”连忙赶回宴会席上，等王勃把文章写成，“欢极而罢”。

初唐四杰中的另一位骆宾王，曾参与徐敬业起兵讨伐武则天，文学史上那篇著名的慷慨激昂的檄文——《代李敬业传檄天下文》就出自他的手笔。他 7 岁时曾随口吟诵一首《咏鹅》诗：“鹅，鹅，鹅，曲项向天歌。白毛浮绿水，红掌拨清波。”这是一首充满生活情趣的儿歌。骆宾王因此被人们称为“神童”。

唐代另外两位大诗人李贺、白居易也是早慧。白居易 16 岁时，就写下了千古绝唱：“离离原上草，一岁一枯荣。野火烧不尽，春风吹又生。”当时身居著作郎的显位的顾况，也是有名的大诗人，他一向不推崇什么人。但当他看了白居易的这首诗后，极为称赞，说像白居易这样才华横溢的人，莫说想在京城里凭自己的创作才华定居下来，就是“居天下亦不难矣”。

晚唐大诗人李贺，也是年幼时即有名气，他的才华得到了当时的文学泰斗韩愈的赏识。据说李贺 7 岁时就会写诗，名气轰动了京城。韩愈和另一位大文学家皇甫湜看了他的诗，开始都不敢相信。后来他们二人骑着马一同来到李贺家。李贺出来迎接。他当着二人的面写了一首《高轩过》的诗。韩愈和皇甫湜看后大惊，亲自为李贺整理头发，表示爱护和赞赏。

南朝梁人姚察自幼很聪明，年仅 6 岁就能背诵文章一万多言，12 岁便能写文章。姚察的父亲姚僧垣精通医术，在梁代很有名，他常把在皇宫内院所得到的供奉、赏赐，带回作为姚察兄弟求学的费用。姚察就用积蓄的钱购买图书阅读，因此他的学识日益广博。姚察 13 岁时，梁简文帝在东宫潜心钻研文章义理，把姚察召见到宣猷堂，听他讲解和议论疑难问题。因为见解深刻、独到，13 岁的姚察受到了儒士们的称赞。简文帝即位后，姚察被征召出任官职，先为南海王国左常侍，兼司文侍郎，后又兼尚书驾部郎。

动脑筋

(1)中国历史上文人学者早慧而脱颖成名的例子不胜枚举。现在,请你举出自然科学史上两例外国科学家、发明家幼年聪慧,即有所发明、创造的例子。

(2)把王勃的《滕王阁序》原文找来读一读,并翻译成现代白话文。

苦吟诗人——贾岛

阅读提示

"推敲"的典故，是我国文学史上的一则为大家所熟悉的千秋美谈。贾岛那种"两句三年得，一吟双泪流"的严肃认真的创作态度，的确值得人们敬佩。正因为他执着地"苦吟"，字斟句酌，才锤炼出了"僧敲月下门"这样的名句。创作需要认真，读书学习需要认真，做任何事情都需要认真。"认真"的态度、精神从哪里来？来源于对读书学习，对成就事业的苦苦痴心，苦苦追求。

讲故事

人们在谈论诗文写作或思考问题，权衡一件事情的利弊趋避时，往往少不了这一句口头禅："再推敲推敲。"这"推敲"是一个典故，典故的主人，是我国唐代一位很重要的诗人贾岛(字浪仙，公元779—843年)，他在中国文学发展史上以"苦吟"著称于世。典故的来由，包含着这样一个故事。

一千多年前的唐代，有天早晨，在京城长安的大街上，忽然出现了一个举止奇特的青年。他形容清瘦，衣冠破旧，骑在一头小毛驴上，不住地摇头晃脑，口中还念念有词。那疯疯癫癫的模样，惹得不少过路人停下来围观，几个小孩了嘻嘻哈哈地叫着："疯子！疯子！"其实这个人并不疯，他就是诗人贾岛。贾岛是特意千里迢迢从家乡范阳(今北京市附近)到长安来赶考的。

到了长安，他看见街市上到处都是被秋风吹落的树叶，立即吟出了一句诗："落叶满长安。"可是接下来却怎么也想不出好的句子来，便一路走一路琢磨，不知不觉来到渭河边上，忽见一阵秋风吹来，渭河的水立即泛起一层鱼鳞似的细波纹，触景生情，他马上又吟出一个句子来："秋风吹渭水。""秋风吹渭水，落叶满长安"，后来成了后世传诵的名句。

一天早上，他骑在驴背上吟了一首诗："闲居少邻并，草径入荒园。鸟宿村边树，僧推月下门。"吟完之后，总觉得最后一句"僧推月下门"的"推"字不怎么贴切，打算把它改成"敲"字，但又拿不定主意。于是，就坐在驴背上苦苦吟着。他一会儿屈着右手的食指，作敲门的姿态，口中念道："僧敲——月下门"；一会儿又用双手作推门模样，念道："僧推——月下门"，他完全沉浸在这"推""敲"之间，对于周围的一切全然不知。

正当他"推""敲"得如痴如醉的时候，忽然一阵马蹄声骤然响起，迎面走过来一列浩浩荡荡的仪仗队。街上的行人都纷纷避让，可贾岛根本就没注意到这些，仍旧骑在驴背上用心地吟诵，选择着"推""敲"，结果被两个卫士捉住，去见仪仗队护送的长官，也就是当时长安的地方长官京兆尹韩愈。

韩愈是唐朝著名的文学家，为我国唐宋八大家之一。他一听贾岛是因作诗入迷而挡了他的道，立刻吩咐左右松手，问明原因后，便将贾岛邀到自己府上，饶有兴致地与贾岛攀谈起来。他经过仔细琢磨之后对贾岛说："还是用'敲'为妙，因为既然诗写的是《李凝幽居》，幽居是谢绝外人的，大门必须常关；门关则推不开，若门虚掩而推门直入，岂不太莽撞了？所以月下入门找人，理当敲，才和幽居相应。再说，从诗歌的音节上讲，用'敲'字也响亮些，更富有诗意。"韩愈的一席话，使贾岛茅塞顿开，连连点头称是。

从此，韩愈便和贾岛成了朋友，结成"布衣交"。贾岛十分感激这位大文豪的鼓励，心悦诚服地投在他的门下。此后，他又得到韩愈多方面的照顾，"身上衣频寄，瓯中物亦分。"(《卧疾走笔酬韩愈书问》)两人始终保持着深厚的友情。

这里不能不提到贾岛的另一次苦吟的遭遇：在另一次苦吟时，贾岛以同样的方式冒犯了另一位京兆尹刘栖楚，结果却是被关了一夜。可见良马还要有"伯乐"识才行。

贾岛是一位苦吟诗人，他的生命是同苦吟紧密相连的。他把诗当作生命，在赠友人的诗中如此表白："一日不作诗，心源如废井。""两句三年得，一吟双泪流；知音如不赏，归卧故山秋。"这就是他苦吟的最好注脚。他向人们公开宣布，自己是一个苦吟诗人："沟西吟苦客，中夕话兼思。"(《雨夜同厉玄怀皇甫荀》)苦吟非自贾岛始,也不是一种个别现象,但“苦吟诗人”的桂冠落在贾岛头上,则是当之无愧的。

对贾岛本人来说,苦吟也是得到了报偿的。正是苦吟,使他创造了自己富有特色的艺术风格。这种特色,苏东坡把它概括为一个“瘦”字。这点,我们可从现行于世的,收诗370余首,共10卷的贾岛的作品集《长江集》中读到。在全国不少地方,今天仍然保存着纪念贾岛的古迹。光是贾岛墓,就有三四处之多。至于贾岛祠、贾岛寺、贾岛吟诗台、贾岛瘦诗亭,以及贾岛村,贾岛峪之类,就更多了。这说明,贾岛作为一位苦吟诗人,为创造我们民族灿烂文化所作出的贡献、他的创作精神与态度,是永远为人民群众所景仰的。

(1)通过课外阅读,查阅“秋风吹渭水,落叶满长安”出自贾岛哪一首诗?诗的全文是怎样的?

(2)古今中外文坛上“推敲”的美谈不胜枚举,请举出你印象、感触最深的二三件事例。

(3)结合自己的作文、发表讲演方面的得与失的具体情况,谈谈今后如何注意“推敲”,学会“推敲”。

(4)与同学间交流一下“推敲”方面的心得体会。

“一字之师”堪可赞

阅读提示

千里之行，始于足下；冰冻三尺，非一日之寒。学问、本领是一点一滴积累起来的。有量的积累，才有质的进步。下面所讲的这些古代“一字之师”的典故、佳话，告诉我们平时要注意虚心向别人请教学习，只要别人在某一方面、某一个问题上高明于自己，就应当恭恭敬敬地称他为老师。

讲故事

古往今来，流传着许许多多的“一字之师”的佳话。现采撷几则古人“一字之师”的故事。

据《五代史补》记载，唐代有一个叫齐己的和尚，擅长词章，喜欢和诗人郑谷酬唱吟咏，在当时的诗坛上享有盛名。有一次，他写了一首题为《早梅》的诗，其中有这样两句：“前村深雪里，昨夜数枝开。”他拿着这首诗请教郑谷，郑谷读后，认为“数枝”的“数”字用得不太好，因为既已是“数枝”，就不算是“早”了，不如改为“一枝”更能显出“早梅”的意思。齐己和尚听了，连连点头称是，“不觉兼三衣叩地膜拜”，这也就是“一字之师”说法的最早来历。

宋代戴埴《鼠璞》记载：陈辅之《诗话》云：“萧楚才知溧阳，张咏作牧，有一绝云：‘独恨太平无一事，江南闲杀老尚书。’萧改‘恨’作‘幸’。”太平景象为什么可恨呢？原句也违反人之常情，所以非改不可。把“恨”改为“幸”后，只要联系下句一读，恨无建立功名机会的意思仍然包含在字里行间，只是更为含蓄，更有诗味了。“幸”字改得好，所以张咏称萧楚才为他的一字之师。

唐代杰出诗人高适，早年在边疆生活多年，熟悉军事生活，创作了许多边塞诗。他的诗意境雄浑，情调苍凉，间有清丽俊秀的咏景佳作。一天，高适赴外地视察，路经杭州清风岭，观月赏景，诗兴大发，就在僧房里写了一首诗：“绝岭秋风已自凉，鹤翻松露湿衣裳；前村月落一江水，僧在翠微角竹房。”写完他就继续赶路。途经钱塘江时，恰逢月露之时，高适细看江潮，发现月落时，江潮随风而退，只有半江之水。他想到自己用“一江”之水来描写月落之时的江潮，显然是不符合实际情况，便在视察归来时，专门去僧房改诗。可是，一踏进房门，便看见这首诗已被人改过来了。高适感到很纳闷，忙问是谁改的。僧人告诉他，在他去后不久，有一位官员从此路过，偶然看见了这首诗，连声赞叹，但惋惜诗中的“一”字用得不如“半”字准确，便不待作者回来相商，径自给他改了。高适暗暗称奇，心想：“这人真是我的一字之师啊！”后来他多方打听，才得知那位改诗的官员是赫赫有名的大文学家骆宾王。

元代蒙古族诗人萨天锡，诗作风格清婉，多写自然景物，著有《雁门集》，但也间有写民间疾苦的作品。有一次，他写了一联诗：“地湿厌闻天竺雨，月明来听景阳钟。”吟哦再三，颇为自得。有个老人看见这联诗后，连连摇头，不以为然。萨天锡一见此景，知道老人定有高见，便虚心向他请教。老人说：“这一联诗，写得的确不凡，摹景状物，别有意境。只是上半联已有一个‘闻’字，下半联又用一个‘听’，字虽有异，却皆隐‘耳’意。恰恰犯了诗家的大忌。”萨天锡豁然大悟，忙问：“依您之见，改什么字好？”老人不慌不忙地答道：“唐人诗中不是有‘林下老僧来看雨’的佳句吗？不妨把其中的‘看’字借来一用。”萨天锡试着把“闻”雨改为“看”雨，仔细玩味，觉得果然更好。上半联的“看”字隐“眼”意，下半联的“听”字隐“耳”意，不仅更符合诗的“工对”，而且愈发显得情景交融，有声有色。萨天锡急忙上前施礼，称老人是自己的“一字之师”。

苏小妹填字的故事，也颇有情趣。

一日，苏东坡与师兄黄庭坚在客厅饮茶品诗，苏东坡的妹妹苏小妹突然轻步走出，说道：“哥哥，有这么两句：‘轻风细柳，淡月梅花’，如在句中各插一字作腰，你们看，该用什么字为好？”苏东坡一贯才思敏捷，稍加思索，就答道：“不妨加‘摇’‘映’二字，写成‘轻风摇细柳，淡月映梅花’。”苏小妹听罢连连摇头。苏东坡又说：“那么，加‘舞’‘隐’二字呢？改为‘轻风舞细柳，淡月隐梅花'，如何？"苏小妹仍然摇头，表示不满意。

坐在一旁的黄庭坚本来也想到一两个插字的方案，但见苏东坡屡屡都不合苏小妹的心意，不敢贸然说出自己的意思，只是催促苏小妹快亮出自己的高见。苏小妹转身面向窗外，在屋内踱了几圈，脱口而出："轻风扶细柳，淡月失梅花。"一个"扶'字，形象又逼真，把无影的风人格化了；一个"失"字，顿时画出月光下梅花若隐若现的朦胧美景。苏东坡和黄庭坚听罢，赞叹不绝，十分钦佩苏小妹的才学。

在历代流传的"一字之师"的故事里，不仅有一字未尽妥，经他人改正，润饰者；也有一字误读，经他人匡正者。

唐代有个官员叫李相，很好学，一有空就捧起《春秋》来读。他经常把叔孙婼的"婼"(chuò)字误读为"吹"字音。他身边的一个侍从，老是听到他把这个字读错，便很不满意，但对自己的主人又不好明说，只有憋在心里。后来，侍从的不满情绪被李相觉察到了。一天，李相问侍从："我每次读到这里，你似乎就流露出一股不满情绪，这是什么原因呢？"侍从怕直说了于己不利，可不说又不行，正在这为难之际，他忽然灵机一动，婉转地回答："过去我的老师教我读《春秋》时，他把'婼'字读成'绰'字音，现在听您读'婼'字为'吹'字音，方才醒悟到自己以前读得不对，所以对自己不满意。"李相一听，连忙意识到是自己的读音有误，忙说："哦，那一定是我读错了！我是照着书上注文读的，而你是有老师教过的，你肯定是对的。"经过核查，发现书上的注文果真不对。李相连忙站起来，把侍从按在自己的座位上，拜侍从为"一字之师"。

南宋诗人杨万里，诗与尤袤、范成大、陆游齐名，称南宋四大家。其诗在当时被称为"杨诚斋体"（杨万里字廷秀，号诚斋），不堆砌典故，构思新巧，语言平易自然，自成风格，有《诚斋集》传世。传说有一天，这位名诗人在馆中与人闲聊时，把晋朝的文学家兼史学家干宝读成于宝，旁边有个小吏插嘴说："是干宝，不是于宝。"杨万里感到很奇怪，便问他："你怎么知道叫于宝？"小吏找到韵书，速给杨万里看。果然韵书里"干"字下面清清楚楚地注明："晋有干宝。"杨万里一见大喜，非常感激地对这个小吏说："你真是我的一字之师呀！"

（1）在同学们的生活和学习中，“一字之师”的情况也是经常会遇到的。比如，同学对同学的作文评改中，有不少就可堪称“一字之师”。请你举出一两个自己感受最深的例子，与其他同学交流。

（2）在今人中，这种“一字之师”的佳话、故事也很多。爱好课外阅读的同学，想必都能说出几个来。请把自己认为最有教育意义、最富情趣的例子，讲出来与同学们共享。

“外师造化，中得心源”的绘画大师黄荃

阅读提示

提起我国的绘画，最有代表性的是水墨山水画，而且画上还写有诗文，钤有印章，强调所谓“诗情画意”。如果“画”“诗”“字”三者皆好，才可称为“上品”。而西洋画是以情节画为代表，诗是以叙事诗为主体，二者是不能放到一块的。为什么会这样呢？这是因为中西文化母体不同。西方文化强调主客对立；中国文化传统强调的是所谓“天人合一”，崇尚人与自然的和谐与相通。李白有诗：“相看两不厌，惟有敬亭山”；辛弃疾的诗：“我看青山多妩媚，料青山见我应如是”，均为中国传统文化的产物。黄荃的绘画，之所以能为时人推崇、后人师法、自成一派、影响至今，除了其技法之精湛之外，最重要的是他抓住了中华传统文化的这一命脉。于外，师天地之造化；于内，寻得心源之相通。

讲故事

黄荃，字要叔，四川成都人，大约生于公元903年，卒于公元965年，小时候就喜好诗文与书画，据史书记载，黄荃“幼有画性，长负奇能”。到17岁时，他的绘画就小有名气了。

唐朝末年，发生了“安史之乱”，藩镇割据的局面日益严重。由于自然灾害的影响，官僚地主对农民的残酷压榨，又引起了黄巢起义，于是天下大乱。此时，居住在中原的一批著名画家刁光胤、孙位、滕昌祐、张南本等相继入蜀

避乱。黄荃于是有机会遍拜名师。他曾向刁光胤学画花鸟竹石；向孙位学画人物龙水与墨竹；向滕昌祐学画花竹；也向本地画家李升学过竹树山水的画技，等等。黄荃在这批著名画家的指导下，刻苦学习，细心体会，不久“皆曲尽其妙”。黄荃并不以此为满足，他勤于写生，敢于创新；不墨守成规和拘泥师法；善于兼收并蓄，通融各家，使其绘画技艺突飞猛进，并逐步达到炉火纯青、出神入化的境界，“遂超师之艺”，自成一派，成为五代时期画坛群英中的魁首。即使如此，黄荃绘画也从不“妄下笔墨”，每一点一线，每一涂一抹都要反复推敲，“资诸家之善而兼有之”。因此，当时人评价黄荃之画“无一笔无来处”“全该六法，远过三师”“笔力豪瞻、脱去格律”。

前蜀时，蜀主王衍得到一幅吴道子画的钟馗真迹。画中，钟馗穿蓝衫，巾首腰笏，怒目蓬发，左手捉鬼，以右手的食指挖其鬼目，形神兼备，笔力遒劲，令人叹绝。王衍爱不释手，将它挂于卧房之中，反复赏玩。一天，蜀主忽发奇想：“此钟馗若用大拇指抠鬼之目，不是更见有力么？”于是，他召来掌管宫廷画事的黄荃，取出钟馗捉鬼图，令黄荃按其的想法“试为我改之”。黄荃答应尽力试一试，便把画带回家中。一连数日，黄荃对吴道子的这幅画反复揣摩，几欲改动，实在难于下笔。但圣命难违，便另取一块白绢画了一幅钟馗捉鬼图，乃是以大拇指掐其鬼目。翌日，黄荃带着这两幅画进宫复命。王衍看后不悦，问道：“向止令卿改，胡为别画？”黄荃答曰：“吴道子所画钟馗，一身之力、气色、眼貌，俱在第二指，不是在拇指，以故不敢辄改也。臣今所画，虽不超古人，然一身之力并在拇指，是敢别画也。”好在王衍醒悟过来，对着两幅画瞻赏不已，非但不降罪黄荃，“仍以锦帛鎏器，旌其别识”。这件事，突出地表现了黄荃精深的绘画造诣和严谨的创作精神，传为绘画史上的美谈。

后蜀广政七年（公元 944 年），吴国派使者送来一批礼物，其中有几只蜀中未见的生鹤。当时黄荃为后蜀掌管翰林院，少主孟昶命黄荃画鹤于偏殿之壁。黄荃以娴熟的笔法，精湛的概括力，在殿壁上画了六只栩栩如生的仙鹤，分别为惊露鹤、啄苔鹤、理毛鹤、唳天鹤、单足鹤、整羽鹤，衬之以苍苔、白露、清风、蓝天，使得诸鹤神形兼备，清高洁净，似有仙风道骨一般，“精彩体态，更愈于生”。不但常使观者同这六鹤有通灵之感，还往往引得真鹤视为自己的同伴，跑过去站在画的旁边。孟昶对此大加赞赏，并把该殿赐名为“六鹤殿”。从此以后，画鹤的人大都师奉黄荃的六鹤画法，可见黄荃的画已深得中华文化之品味。公元 953 年，孟昶在新建的八卦殿竣工后，令黄荃为其四壁画四时花竹鸟雀。黄荃自秋及冬使画乃成。其文笔之精妙，形神之完美，使欣赏者百看不厌。这年冬天，专门负责驯养皇室猎用鹰犬的五坊使于殿前进呈北方送来的珍奇鸟类——白鹰。白鹰见到壁上所画的野雉，误认为生类，激动不已，反复伸翅而起，意欲飞扑。再次令少主嗟叹良久，称黄筌为当代奇笔也。

公元960年，后周大将赵匡胤发动“陈桥兵变”，进而重新统一中国，建立了北宋政权。黄筌及二子黄居宝、黄居寀弟黄维亮皆入宋翰林图画院，掌管绘画。由于宋太祖的推崇，北宋初翰林图画院每以黄筌父子的体例作为绘画作品的取舍标准。黄筌父子的画，号称“院体”，视为正宗，朝廷内外竞相仿效，并对宋代及以后的中国画有极大影响。宋代时别创一格的没骨画法，明代时的写意花鸟画，都是直接师承于黄家画派的。乃至清末的任颐(任伯年)，近代的张大千等人，都是在研习过“院体”画法、吸收其大量营养之后，锐意创新才成为国画大师的。

黄筌“外师造化，中得心源”，是一位深谙中华文化的、承前启后的绘画大师。

(1)你知道中国画与西洋画的主要区别吗？

(2)你能指出五位中西著名画家的名字和他们的代表作品吗？

(3)你能谈谈黄筌被时人称为“前无古人、后无来者”的主要原因吗？

(4)中国历史上常有“诗、书、画”三通的风流学士，而西洋画家兼得诗人桂冠的就少多了。你知道为什么吗？

深山画虎得“虎气”，三观壁画有灵犀

阅读提示

勤学，能让你在知识的数量和质量上有上乘收获。学习，忌讳的是囫囵吞枣；害怕的是井底观天。学问，既要讲数量，更要讲质量。质量的核心便是一个“通”字，“通”，既是为学的目的，也是为学的起点。

古人为了一个“通”字，给我们留下了无数令人敬佩的生动故事。下面就给少年朋友讲两个历史上颇有名声的画家的故事。他们会告诉你“通”是怎么来的。

讲故事

五代后梁时，有个道士，叫厉归真，自号迂疏子。他是一位当时很有名气的画家，除了擅长画湖光山色外，更工飞禽走兽。他画的牛，远观可以假乱真，人们称赞说“远观其牛如活”。但是，那时他画的虎，别人却不敢恭维了。不是说他画的虎像牛，就讲他画的虎像狗，充其量说他画的虎像死虎。

当时的人大都崇尚老虎的威武雄壮。于中堂之上，挂一幅虎画，既可镇邪，又可令满堂生辉，所以对虎画颇有讲究。厉归真虽然是画山水、禽兽的行家里手，可就是没有人要他的虎画。

有一次，厉道人听说附近有人捉住了一只老虎，他认为机会难得，便兴冲冲地跑去观看。他围着虎笼里的虎足足地观察了一整天，直到老虎踱来踱去的姿态，俯仰坐卧的动作，健美雄壮的体型全都了然于心，才动笔开始作画。画完之后，他自我感觉非常好：“老虎画得栩栩如生，真乃平生第一佳作也。”不料，猎户看过之后，冷冷地丢下一句话：“你这画虎气不多，倒是猫气十足！”

这一瓢冷水，使厉道士从头凉到了脚。开始他还不太服气，待他循着猎户的眼光体会他的画时，这才服了。回想起来，他从前画的虎是临摹别人的，这次虽画的是活虎，却是笼中之虎，笼中之虎哪来的“虎气”呢？我又从未见过山中之虎，怎么画得出虎气来呢？于是，他决定进山画虎。

他备足了干粮，带上画具，来到老虎经常出没的深山老林，在树上搭了个草棚住了下来。

深山莽林中的夜晚是十分恐怖的。一人独自住在窝棚里，黑暗中不时传来虎啸狼嚎声，阴森恐怖笼罩着整个森林，使他感到自己的渺小和孤立无援。厉归真为了画出真正的“虎气”，毫不畏惧。

黄昏，是老虎经常出没的时间。有时一只，有时一群在他附近出现了。厉归真屏息静气、全神贯注地观察老虎的各种动作。有时一只，有时一群小动物从他树前惊慌而过，老虎在后面以势不可挡之势向猎物冲去。有一次，一只山羊慢慢地在他树前走着，突然，只听一声大吼，震得山林都颤抖起来，一只斑斓猛虎像是从天而降，猛扑过来。一瞬间，山羊像是愣住了，也许是吓呆了，睁着两只惊恐的眼睛一动不动。等它似乎清醒过来开始逃跑时，已经晚了。老虎一个饿虎扑食的动作，便把山羊咬住了。

“虎气，虎气，真正的虎气！”

厉归真兴奋极了，他完全忘记了自身的危险。就这样，归真道士在棚子里住了好长时间，直到他把老虎的各种神态，包括虎气都画在了稿纸上，并刻进了脑海里才离开。

回到家后，他还从猎人那里买来一张虎皮披在身上，学老虎的样子，在院子里蹦蹦跳跳，进一步地揣摩老虎的神态。后人所谓“自衣虎皮、跳踯于庭”就是指这件事。

从此之后，他画的虎不但威武雄壮，而且“虎气”十足，令人望而生畏。人们评价他的虎“毛色明润，其视眈眈，有威加百兽之意”。到后来，厉归真的虎越画越精，被人们敬奉为精品。

另一位大画家是唐初年间的阎立本。他约生于公元 601 年，卒于公元 673 年，雍州万年（今陕西西安）人。父亲阎毗（pǐ），哥哥阎立德都是隋唐年间的著名画家。阎立本继承家学、刻苦钻研绘画艺术，也是位鼎鼎大名的画家。

他尤工人物画，故常出入宫廷，为皇上作画。

有一次，阎立本到了金陵（今南京），特地去观看梁代大画家张僧繇在安乐寺画的壁画。这是一幅盛名天下的艺术珍品。画面上是两条没有画上眼睛的巨龙。传说，张僧繇原在安乐寺的墙上画了四条这样的龙。别人问他为什么不给龙画上眼睛，他回答说："如果一点上眼睛，这些龙可就要飞走了！"众人不信，要张僧繇当面一试。于是张僧繇大笔一点，瞬然间，雷鸣电闪，两条画上眼睛的龙突然间离开了画壁，向着雷鸣电闪的天空腾飞而去。这就是安乐寺中尚有两条无眼之龙的来历，也是"画龙点睛"这一成语的由来。这虽然是近似于神话的传说，却也说明了张僧繇名气之大，作品功力之深。

张僧繇是写意画大师。写意，同学们可能听老师讲过，是中国画技的一种，它不求形真，但求神似，技法洒脱，如行云流水。阎立本眼前的这幅龙画，气势磅礴，气象万千，在苍茫云海之中，龙体若隐若现。这与他擅长的写真画法的风格迥然不同。因为"写真"，追求的是逼真，所以阎立本看见这壁龙，只觉怪异，不觉高明，甚至认为张僧繇不过是"浪得虚名"而已。

回家后，张僧繇的"龙"一直在他脑子里盘旋，似乎从画里向外在流溢着什么。于是第二天他又跑去观赏，经过一番琢磨，比第一次的认识就深多了。可他还是不觉得张僧繇有何过人之处，不过"近代佳手"而已。

回家后，他觉得心里还是不踏实，张僧繇的画使他感到有一股力量向他袭来。第三天他又跑去仔细观看、体会。这一次，他终于领悟到了张僧繇作品的神妙之处，所谓"心有灵犀一点通"了。不禁由衷说道："果然是名不虚传啊！"

阎立本为了把张僧繇的画艺学到手，索性在安乐寺住了下来。他成天对着壁画，朝夕揣摩，整个身心完全沉浸在画中，如醉如痴。十来天过去了，他还意犹未尽，不忍离去。

阎立本既不盲目崇拜，又不拘泥于"家学"，他不"通"则学，不"通"不休的精神，使他成为了一个能"变古像今"的大画家。他画的《凌烟阁功臣图》《秦府十八学士》《历代帝王图》等都是传世杰作，其中《历代帝王图》被美国波士顿艺术博物馆所珍藏。

动脑筋

（1）为学贵在一个“通”字，同学们在学习时或多或少会碰上“似通非通，不通而自以为通”的情况，你能讲一讲亲身体会吗？

（2）从厉归真和阎立本两位绘画大师身上，你还能学习到一些什么？

（3）如果你是一位爱好美术的同学，请你结合具体作品仔细地讲一讲“神似”与“形似”之间的区别。

立雪坐风话程门

阅读提示

每个人在学习成才的过程中，自身的勤奋固然重要，但也都少不了老师的辛勤教育。教与学是一个相互促进，相互长进的过程。弟子不必不如师，青出于蓝而胜于蓝，每个老师都是希望自己的学生超过自己的。“立雪程门”和“如坐春风”的故事告诉我们，在自身发奋刻苦读书学习的同时，不要忘记和忽视了求教老师，以从老师那里学习到更多的知识和本领，使自己进步得更快些。

讲故事

程颢、程颐兄弟俩是北宋时的大理学家和教育家。哥哥程颢，字伯淳，生于宋仁宗明道元年（公元 1032 年），死于宋神宗元丰八年（公元 1085 年），被当时和后世称为明道先生。弟弟程颐，字正叔，生于宋仁宗明道二年（公元 1033 年），死于宋徽宗大观三年（公元 1109 年），被当时和后世称为伊川先生。兄弟俩被当时和后世称为二程。程氏兄弟把他们老师周敦颐开创的宋代理学发展到一个新阶段，形成了历史上有名的理学流派——伊洛学派（简称洛学），对宋代以后的中国社会产生了深远的影响。谢良佐、杨时、游酢、吕大临等著名学者，都出于其门下，世称“程门四先生”。南宋大理学家、教育家朱熹也是其四传弟子。中国教育史上“立雪程门”“如坐春风”的美谈，就发生在程门师生之间。

杨时，字中立，号龟山先生，南剑将乐（今福建）人。他自幼聪颖好学，8岁时已会做文章，长辈们都誉他为“神童”。杨时对学习抓得很紧，常说：“学习对于我像是饮食一样，是出于内心的需要。因此，我在任何时候也不会放松学习。”24岁时，他以太学生的资格考中进士，后辞官不就，慕名拜在颍昌（今河南许昌市东）讲学的程颢为师。他原有相当的基础，加之刻苦勤奋，进步很快，成为程颢最为赏识的弟子之一。

程颢去世后，杨时又到洛阳拜程颐为师，专心研究二程的学说。杨时到洛阳时，已是40多岁的人了，而且又是很有名气的进士，但他并不自骄，对没有考中过进士的程颐毕恭毕敬。程颐平素有闭目静坐的习惯。有一天，杨时在学习中遇到疑难之处，便与同学游酢一起去见程颐。当时天快要下大雪了，他们来到程颐的书房，恰巧程颐正在闭目静坐，他们两人只好恭恭敬敬地站立在门前等候，一句话都不敢说，生怕打扰了老师的静坐。等到程颐睁开眼睛看时，这时门前的积雪已有一尺来厚了。杨时和游酢站立过的地方，留下了两对深深的脚印。这就是人们津津乐道的“立雪程门”的故事。

杨时晚年时，回到故乡龟山隐居，专门从事讲学活动，直到他逝世为止。他活了83岁，死后被尊为文靖公。后来，有一个名叫谢应芳的诗人在一首《杨龟山祠》的诗中，曾写有“卓彼文靖公，早立程门雪”之句，就是赞扬杨时好学尊师的精神的。

在程门师生之间，不仅学生尊敬老师，老师也热爱学生。在长期的教学活动中，他们朝夕相处，结下了深厚的师生情谊。程颢、程颐虽同一父母所生，又同为周敦颐的弟子，但两人的性情、气质乃至思想等有所不同。朱熹曾评论他们是：“明道德性宽大，规模广阔；伊川气质刚方，文理密察。”程颢于诸子百家、佛老学说无不涉猎，所以他的思想极其圆通；程颐则一切摒除，甚至庄子，列子等书也不肯看，只以《大学》《中庸》《论语》《孟子》为圭臬，以达于六经。程颢好似飘然自在的仙僧，程颐好似谨守清规的戒僧。程颢的学问是直观的、浑廓的、涵泳的；程颐的学问是理智的、分析的、实践的。由于二程在性情、气质乃至思想上有上述差异，因而尽管他们两人都同样热爱学生，并为学生所尊敬，但在平时对待学生的态度方面，也有一些不同之处。相较之下，程颐使人肃然起敬，如见大宾，而程颢使人感到温和慈祥，平易近人。

有一天，游酢来找杨时有事相商，杨时见他满面春风，说话都抑制不住兴奋的神情，便问他刚才从哪里来，什么事情使他这么愉快，游酢笑着答道：

▲程门立雪

“我在春风和气中坐了三个月而来。”杨时听罢这话，仿佛丈二金刚——摸不着头脑，就请他解释这句话是什么意思。游酢这才告诉杨时，刚才他在老师程颢那里坐了一会，程颢心气平和，温柔敦厚，对学生从来不摆老师的架子，在他那里坐一会儿就如在春风和气中坐了三个月，真是一种独特的享受。“如坐春风”，就是程门弟子对与程颢相处时那种无拘无束的融洽气氛的真实写照。

(1)你在平时，特别是在学习过程中，做到了像杨时尊敬程颐那样尊敬你的老师吗？

(2)“立雪程门”和“坐如春风”是相辅相成的，即学生尊敬老师，是老师热爱学生的基础。在今后的学习生活中，你和同学们打算如何进一步地理解老师，尊敬老师，使老师能更全身心地教好你们、带好你们？

少年"哲人"陆九渊

阅读提示

哲学，对于青少年朋友来说是比较生疏的一门学问。哲学研究的是看不见，摸不着的抽象的学问，是人们对于整个自然界、社会和思维的根本观点的体系。例如，组成自然界的根本物质是什么？人类社会发展有没有规律性？人类最终能否认识世界？等等，都是哲学研究的问题。一般来说，只有在具有一定的科学文化知识之后才能够去研究哲学。所以，人们总是把哲学家画成一个白胡子老头，而陆九渊竟成为少年"哲人"，这是怎么回事呢？人们研究学问的道路很多，归纳起来，不外乎从读书到实践，或实践到书本。英国的大科学家牛顿看见苹果从树上落下来，就冥思苦想：苹果为什么总是垂直往地上落而不是向天上飘去？最终他发现了万有引力定律。这就是从实践到书本的研究方法。陆九渊也是这样的一个人，而且他的"提问"年龄要比牛顿小得多。下面的故事会告诉你，善于提问、勤于思考者必有所得。

讲故事

陆九渊（公元1139—1193年），南宋哲学家、教育家，字子静，自号存斋，抚州金溪（今属江西）人，因曾在象山（今江西贵溪县西南）讲学，人们尊称他为象山先生。

陆九渊出身于一个没落的官宦地主家庭，从小喜好勤思多想，三四岁时，小九渊常常望着无边无际的天空出神，心想：这天，这地怎么那么大呢？别人说天和地是大无边的，那么，这天和地为什么会大无边呢？那大无边到底是个什么样子呢？这一连串的问题，让小九渊既入迷又不得其解。想不出答案，他只好去找父亲："父亲，天地有没有边际呢？有的话，它的边在什么地方呢？"

父亲见自己三四岁的儿子居然会提出这样深奥的问题，感到难于回答清楚，只好笑了笑，而未作回答。

小九渊见父亲不回答自己的问题，只好失望地离开了。他坐在院子里，双手托着下巴，眼睛望着遥远的天空，陷入了不能自拔的沉思。

从此之后，这个问题像影子一样，无时无刻地缠绕着年幼的陆九渊。他吃饭时想，饭菜也不香；睡觉时想，觉也睡不着。虽然，小九渊始终没有想出个道理来，但是，他对天地宇宙的兴趣始终没有淡薄，以至于后来他考虑一切问题都有意无意地同天地宇宙联系起来。

小九渊长到六七岁时，就有一定的独立见解了。他读了不少书，他读书时，同一般的孩子不一样，不是把书上的字认识了就算了，书上所讲的意思搞清楚就完了。他一定要多问几个"为什么？""对不对？"一直到作出自己的判断才罢休。因此，他掌握的知识是相当牢固的。

有一次，他听到有人在朗读程颐（北宋哲学家，宋明理学的奠基人之一）的文章，听着听着，小九渊感到有点不对劲，就赶忙找来程颐的书读。他一口气读完了程颐的书，若有所思地说："程伊川（即程颐）讲的那些道理怎么和孔子、孟子讲的道理不同呢？依我看，程伊川书里有许多地方都讲错了。"

还有一次，他在读《论语》时，就不太相信曾子的话，他说，曾子的话怎么这样残缺不全、支离破碎呢？

13岁时，陆九渊读的书更多了，学问也慢慢成熟起来。有一次，他从古书中见到前人对"宇宙"的解释是这样的："四方上下曰'宇'，古往今来曰'宙'。意思是空间称作"宇"，时间称作"宙"。宇宙便是包含了空间和时间的意思。读到这里，陆九渊又陷入了沉思，幼年以来一直像幽灵般地追随着他的"天地大小宇宙边际"的问题又浮现在他脑海里。突然间，石破天惊，陆九渊"大悟"道："宇宙即吾心，吾心即是宇宙。"这是一个多么值得庆贺的事啊；上十年来，他百思不得其解的问题，就在这一瞬间解决了。"宇宙"和"心"是多么的相像啊！

他还进一步说："宇宙内的事就是我自己分内的事，自己分内的事就是宇宙的事。”宇宙之外是不存在的，就像“心外”不可能存在一样。

从此以后，陆九渊以“顿悟”所得作为他学说的核心和基础，建立起中国文化史上迥异于其他学派的“心学”哲学体系。他刻苦地钻研各门各派的学说，殚精竭虑，一发而不可收。对孟子、庄子、禅宗三派的心学思想，在他自己的心学体系内予以认真地剥离、筛选、利用和吸收，终于成为中国文化史上具有深远影响力的一大学派。

动脑筋

(1)陆九渊的哲学体系中，是“珠玉”和“鱼目”同在，他的体系是主观唯心主义的，我们暂不去评说。但是他对事物的“追问”精神和勇往直前的钻研态度是值得我们学习的。在中外历史上，你还能举出几位像陆九渊这样的人来吗？

(2)这篇故事中，我们讲到“顿悟”，就是突然茅塞顿开的意思。听起来如同神明启示一样的玄妙，你相信“顿悟”吗？你有过“顿悟”吗？如果确有“顿悟”，它是怎样产生的呢？

“慨然有志于天下”

阅读提示

自幼孤贫的遭遇、艰苦的生活，使范仲淹从幼年时期便养成了倔强的性格和刻苦好学、力求上进的抱负、作风。他早年就“慨然有志于天下”，后来成了北宋著名的政治家、军事家、文学家，其道德、学问对后世影响很大。范仲淹的故事说明，人的志向越远大，读书学习才能越有动力。志存高远，才会奋发有为。

讲故事

到湖南岳阳，很少有人不去游览岳阳楼的。岳阳楼是中国古代四大名楼之一，它之所以非常有名，是与范仲淹那篇千古不朽的文章《岳阳楼记》分不开的。

范仲淹，字希文，江苏吴县（今属苏州）人，北宋著名的政治家、军事家、文学家。

范仲淹的出身非常贫苦。其父范墉，曾任宋武宁军节度使书记（徐州军事长官的秘书长）。宋太宗端拱二年（公元989年）8月2日，范仲淹出生在徐州。范仲淹两岁丧父，他的母亲谢氏贫无所依，难以维持生活，被迫改嫁到山东淄洲长山县一户姓朱的人家，范仲淹随往，并改换姓名叫朱说，直到后来中了进士当了官，才自立门户恢复范姓。

范仲淹从小就天资聪明又很有志气，酷爱读书。在朱家，除他自己刻苦

▲断齑画粥

读书外，还经常规劝朱氏兄弟努力学习。朱氏兄弟不知好意，反而说："我们吃朱家的饭，穿朱家的衣，与你何干？"听了此话，范仲淹又惊又疑。后来别人告诉了他母亲改嫁之事，为此，他发愤自立，告别母亲，住进长山醴泉寺的僧房苦读，这时他才是个十来岁的孩子。这一时期，他生活异常艰苦，每天熬稀粥一锅，待冷凝后，划成四块，早晚各吃两块，再切几根腌菜下饭。这就是著名的"断齑（jī，咸菜条）画粥"的故事。

范仲淹在醴泉寺苦读3年之后，为了学到更多的东西，他又携带琴剑，风餐露宿，不远千里来到南都（今河南商丘）寻师访友，进了当时著名的南都学舍。在南都学舍学习期间，他仍像以前一样食粥苦读。他有个同学是留守的儿子，见他生活如此艰苦，就回去告诉父亲。父亲听了很感动，吩咐儿子带些肉饭给范仲淹吃。可是，范仲淹没有吃。这个同学不满地说："家父听说你很清苦，所以特叫我送给你一些食物；而你却不吃，是不是怕玷污了你的品德？"范仲淹回答道："我很感谢你们的厚意，但我吃粥已经吃惯了，今天吃这样好的食物，以后还能够吃粥吗？"

在南都学舍，他不分白天黑夜地苦读，困倦了就用冷水洗脸浇头，实在困极了就和衣躺下，醒来继续攻读。有时，他连一天两顿粥都吃不上，往往只到黄昏时吃一顿，既是早餐，又是晚餐。就这样勤学苦读了5年书，获得了渊博的知识。

他潜心研读儒家经典，儒家宣扬的忠孝、仁义和崇尚名节等政治伦理思想，对他熏陶很深。他十分向往古代忠君爱民、为国捐躯的志士仁人，早年就"慨然有志于天下"。公元1015年，他考中进士，从此开始了仕宦生涯。他为官之后，提出了许多有关国家军政大事的主张。在抵御西夏的战争中，他采取了不少有力措施，连敌人也称赞他"胸中有数百万甲兵"，从此不敢轻易进犯宋朝。

范仲淹为官"以天下为己任"，力主改革，表现出勇于进取、积极革新的作风，政绩显赫。同时，在文学上也颇有造诣，著有《范文正公集》，为后世留下了宝贵的精神遗产。他工于诗词散文，所作文章思想性强、感情深厚，富于感染力。他描写边塞生活的词作，传世仅5首，风格明健苍劲，被后人誉为"苍凉悲壮、慷慨生哀"，开宋代豪放派词的先声。他那篇散文《岳阳楼记》，更是脍炙人口，流传至今。这篇文章写于庆历六年（公元1046年）9月，时值庆历改革刚失败不久，他在政治上遭到很大打击，身体也很不好。但是为了激励遭贬黜的朋友们，他欣然命笔，在邓州的花州书院里挥毫撰写了千古传颂的《岳阳楼记》，豪迈地提出了“先天下之忧而忧，后天下之乐而乐”的远大理想。这两句话，概括了范仲淹一生所追求的为人准则，表达了他那坦荡的襟怀和强烈的责任感，成为历代志士仁人用以自励的著名格言。范仲淹的道德、风格和学问，受到了人们的仰慕，天下人都想一睹他的风采，贤士大夫以不登他的门为耻，下至里巷，远及夷狄，没有不知道他的名字的。他的高风亮节，对转变北宋的士风有很大的影响。

公元1052年5月，范仲淹自青州（今山东益都）调往颍州（今安徽阜阳），赴任途中，在徐州病逝，终年64岁。临死，在给朝廷的遗表中仍然丝毫未提个人的要求，再一次显示了他一心为公的胸襟气度。据史书记载：“死之日，四方闻者，皆为叹息”，人民“哭之如父”，凡是他从政过的地方，老百姓纷纷为他建祠画像。

（1）好文章需要诵读才能“身临其境”。把《岳阳楼记》诵读两遍，体会范仲淹的抱负和胸襟，并将文章的原意用现代白话文解说一遍。

（2）古往今来，说过“先天下之忧而忧，后天下之乐而乐”类似内容、意思的话的人不少。试举出近、现代史上一两位这样的志士仁人及其言论。

尝遍"百草"著"纲目"

阅读提示

李时珍花了近30年的功夫，写了上千万言的笔记，三易其稿，才写成了被外国人称之为"东方医学巨典"的《本草纲目》。为了弄清一些药的药性，他还甘冒生命的危险，亲自吞服，自我试验。这种为了科学不懈探索，不畏危险的精神，值得我们学习、效法。

讲故事

李时珍（公元1518—1593年），字东壁，号濒湖，蕲州（今湖北蕲春）人，我国明代伟大的医学家。封建社会的后期，湖北产生过许多名医。李时珍与明代的万全、清代的杨际泰，以及北宋浠水人庞安时合称鄂东四大名医。

李家世代行医，他的祖父、父亲都是医生，父亲李言闻乐于施药济贫。在家庭的影响熏陶下，李时珍从小热爱医学，儿童时就经常跟父亲上山采药，回家以后，帮助父亲加工药材。李时珍天资聪明，从小熟读经书，14岁时考中秀才。但是他热爱医学，对科举毫无兴趣。平时他读得更多的是《菊谱》《竹谱》以及唐代的《新修本草》和宋代的《证类本草》等医药方面的书籍。

李时珍潜心医学，继承父业，20岁起就挂牌行医，独立给人看病，对贫困者免费诊治和施药。他有一股子钻劲，在行医的实践中，碰到问题非要弄个水落石出不可。他发现不少药书上讲的并不完全可靠。有一次，有个医生给一个癫狂病人开了一服药，其中用了一味叫防葵的药，没料到病人吃下去后，不但未见病情好转，反而很快就死了。又一次，有个医生给一个身体虚弱的病人开了一味叫黄精的补药，结果也吃死了。李时珍对这两件事作了深入的研究，发现原来是药书上把防葵和狼毒，黄精和勾吻搞混了。狼毒和勾吻都是很毒的药，把它们当补药，哪有不害死人的？

在我国汉代，曾对药物作过一次总结，编辑了《神农本草经》。此后，围绕这部著作，出现了许多注解和补充性的著述，直到宋代唐慎徽作《证类本草》，对药物再一次进行总结。李时珍发现以前的这些药物书籍或分类不清，或医效不显或掺杂迷信成分，很不可靠，这可是关系到人命的安危啊！于是，李时珍立下雄心壮志，一定要把古代的药书好好整理一遍，以纠正错误，有益患者，剔除迷信邪说，把新的经验和知识补充进去。

为了完成这个艰苦的工作，李时珍用了10年时间，遍览了各种书籍。由于家中藏书有限，他便与当地豪门交往，同时以名医的身份出入荆王府，饱览其藏书。10年间，共读了古代医书、药书及其他有关古书800多种，仅做的笔记，就装满了好几个柜子。他不仅刻苦读书，而且勤于实践。他先后去过河南、河北、江苏、安徽、湖南、广东，行程几万里。在游历中，他认真向有实践经验的老百姓学习。从渔夫那里，他学到了鱼类等水生动物的知识；从猎人那里，他学到了鸟类和野兽的知识；从樵夫那里，他学到了榕树，柏树等植物的知识；从农民那里，他学到了五谷的知识。同时，他还收集到了成千上万个单方。李时珍还亲自下过煤窑，到过炼铅炼汞的作坊，研究工人中毒现象和职业病，为了取得第一手资料，他还冒着生命危险，吞服过一些烈性药物。一次，他为了体验曼陀罗的麻醉作用而服用了这种药，吞服后精神恍惚，失去了知觉。另一次，他为了试验大豆的解毒作用，先给小狗吃了毒药，再给它吃大豆，结果没有效果，小狗还是死了。后来他就在自己身上试验，才发现大豆要加上甘草，才有解毒的作用。

就这样，从嘉靖三十一年（1552年）起，李时珍花了近30年工夫，“读万卷书，行万里路”，写了上千万言的笔记，在这些笔记的基础上，反复整理，三易其稿，才终于在万历六年（1578年）完成了我国医药史上一部划时代的医药典籍。这部典籍就是被外国人称之为“东方医学巨典”的《本草纲目》。书成时，李时珍已是61岁的老人了，但他仍然继续进行修改补充，直到76岁去世为止。

《本草纲目》是对药典的总结，全书共52卷，16部，190多万字，收罗宏富，药物有1892种，比前人增加374种，附方11096个，比前人增加了4倍。书中还绘制了1126幅插图，便于人们辨识。这部书是对我国16世纪以前医药学丰富经验的总结，李时珍因此而成为我国古代最伟大的药物学家，被后人誉为医圣。除《本草纲目》外，李时珍还写了许多书，现存的有《濒湖脉学》《奇经八脉考》等，都很负盛名，流传于世。

(1)了解一下《本草纲目》是部什么样的书？具体内容有哪些？

(2)试了解狼毒和防葵，黄精和勾吻是些什么样的药？

有其师，必有其弟子

阅读提示

宋濂勤读苦抄、尊师求学、忍辱听讲等事迹，说明求知、做学问绝不是一件轻松的事情，必须要有顽强的毅力。宋濂的顽强精神，不仅使自己在学术上取得了重大成果，而且还影响、教化了学生，这是值得称道的。

讲故事

宋濂，字景濂，号潜溪，金华潜溪（今浙江金华）人，元末明初的著名学者。后助朱元璋建立明朝，被时人推为“开国文臣之首”。

在浙江浦江县一带，流传着宋濂以模范行动影响学生勤学的“鸡笼榻侧”的故事。

原来宋濂在浦江东明书院任教时，有个叫郑洧的学生读书极不用功。有一次，宋濂让他背诵《诗经》，他断断续续地背着，最后竟背不下去了，眼睛就偷偷地往手掌上溜。这一作弊行为马上就被发觉了，宋濂用严厉的眼光瞪了他一眼，郑洧红着脸低下了头。当天夜里，郑洧由父专领着前去向先生检讨、道歉。父子俩冒着凛冽的寒风来到宋濂的住宅——青萝山茅庐。走进门，只见宋濂正在残烛的微光下，用火炉烤着结了冰的墨砚，虽然双手冻得通红，可还在一笔一画地批阅文稿。

郑洧见此情景，两颗泪珠溢出了眼角。他咬紧嘴唇默默地回到家里，向母亲要了个鸡笼，将家中那只报晓的大雄鸡关了进去，然后放在床榻侧旁。

黎明前雄鸡一唱，他便翻身下床，捧卷苦读。从此，郑洧进步很快。

宋濂一生勤奋治学，不愧为人师表。督促郑洧只是一个缩影。

少年时代，宋濂就喜欢读书。因为家境贫穷，买不起书，只得向藏书人家借书阅读。有时借到几本好书，便与借书人约定归还日期，抓紧时间抄写下来。数九寒冬，砚台里的墨汁都结了冰，手指冻得弯不过来，他还是坚持抄书，毫不懈怠，抄完了赶快送还，从不误约。由于他非常守信用，那些藏书人家也就愿意把书借给他，因而他能够博览群书。不几年，宋濂就把附近的书都借遍了，他的家里也俨然成了一个小小的手抄本图书馆。

到了20岁的时候，宋濂的求知欲更加强烈了。虽然读了不少书，但因无名师指导，疑难问题得不到解决。于是，宋濂便出门访师求教。当时正值严冬，大雪纷飞，寒风刺骨，他穿着草鞋，背着行李，踏着几尺深的积雪，不顾两脚冻裂的疼痛，在深山巨谷中艰难行走。到了客栈，四肢都冻僵了，店仆给他端来热水温脚，然后盖上被子，过了好半天才暖和过来。他寄居客店，生活十分艰苦，每天只能吃两顿饭，从未吃过鲜鱼肥肉，穿着也十分破旧，但他从不羡慕那些住在一起的身着绮罗绸缎，满身珠光宝气的纨绔子弟。他把自己的全部注意力都集中在学习上，以求知为最大的乐趣。

宋濂曾在他写的一篇文章里，介绍过自己在求学时如何尊敬老师、虚心请教的经历。他的老师是位有名望的学者，跟从他求学的人很多，常常挤满了屋子。他对学生也很严厉，宋濂每次都恭恭敬敬地站在他旁边，小心翼翼地提出疑问，然后弓着身子，侧耳恭听。有时老师不耐烦，发脾气，宋濂则更加礼貌周到，颜色更加和悦。等到老师心平气和时，他再一次提出问题，请求解答。就这样，尽管老师很威严，他还是从老师那里学到了不少知识。宋濂在名师的指点下，辛勤奋斗了多年，终于成了当时一位才学渊博的大学者。他不仅主修了《元史》，而且有《宋学士文集》等著作传世，在学术上有着很大的贡献。

你的老师是否像宋濂对学生那样严格要求你？读了这则故事，你有何感想？

万卷书后自风流的唐伯虎

阅读提示

许多人一提到唐伯虎，就想到他的风流韵事“三笑点秋香”。事实上，历史上有三个唐寅，都号伯虎，一个是宋朝的画家；一个是留下“点秋香”轶闻的风流书生——“江阴吉道人”；最后一个才是值得我们一写的明代著名诗人、画家唐伯虎。

此唐伯虎年轻时曾游学、作画于名山大川，画成后常用“江南第一风流才子”加印，也许是这个原因，艺术家们便把“三笑姻缘”的故事融合在这位大名鼎鼎的唐伯虎身上。

艺术化了的唐伯虎，是一位出口成章、诗画皆宝、游山玩水、不学而知的风流大家。真实的唐伯虎并没有“七步成诗的曹植”“五步成诗的史青”“三步成诗的寇准”那样的早慧天资，而是一位“少年求学广结友、万卷书后自风流”的勤奋好学的才子。“不学而知，谈笑封侯”无异于敲冰求火，旷古未有。

讲故事

唐伯虎，本名唐寅，一字子畏，号六如居士、桃花庵主、逃禅仙吏等，生于公元1470年，卒于公元1523年，祖籍吴县（今属江苏）人，明代著名的诗人、画家。

唐伯虎自幼生长在人杰地灵的苏州，他的父亲在苏州阊门以东、皋桥下的吴趋坊口开设了一家酒店，这里人来人往，不少文人墨客常在店中聚会。唐伯虎幼时聪敏过人，性格开朗，勤奋好学。他曾写诗自勉："好花难种不常开，少年易老不重来。"由于经常同文人墨客接触，他不但思想活跃，而且视野开阔，兴趣广泛，特别喜欢吟诗作画。古人云："独学而无友，见孤陋而寡闻。"他常以诗画会友，同一些名人学士相互切磋。

在文坛上，唐伯虎与祝允明、徐贞卿、文徵明齐名，人称"吴中四才子"。

唐伯虎学画于周臣，但他不拘泥于一门一派之技法。他擅画山水，多取法于南宋李唐、刘松年，并兼学元朝各大家。他工画人物、花鸟，笔墨润美、秀丽，他的写意画也有上乘之作。与沈周、文徵明、仇英在画坛上合称"明四家"。传说，曾有人问周臣："当老师的为什么不及学生唐寅？"周臣爽朗地回答："只少唐生数千卷书。"

唐伯虎要比自己有名的老师多读"数千卷书"，这该花费多少个日日夜夜啊！正由于唐伯虎酷爱读书，博学强记，才有满腹才学，出口成章。因为唐伯虎风流倜傥，喜欢戏谑，特别是对那些自视清高的"腐儒"的嘲弄，常令人忍俊不禁，开怀大笑。

有一次，唐伯虎穿着一身破破烂烂的衣服到外地去游山玩水，他来到一处风景点，见几个衣冠楚楚的秀才在山前装模作样地唱和吟诗，便装成乞丐模样凑上前去。他对那几位秀才说："各位秀才在此赋诗雅兴，请让我这个乞丐也来凑凑热闹吧！"秀才们听了，感到十分诧异，心想，乞丐还能吟诗唱和？不由都大笑起来。其中一个说："叫花子，那你就吟诵一首给我们听一听吧！"

唐伯虎拿起秀才们的笔，略微思索，在纸上就写下了"一上"两个字，然后想转身离开。秀才们拦着他取笑："写完了才能走！"于是他又在下面写了"一上"两个字。秀才们捧腹大笑，其中一个说道："乞丐如果能作诗，我辈不是斯文扫地了吗？还要我们干什么呢？"唐伯虎故意跟着嘿嘿地笑，他说："我爱喝酒，要喝了之后才能作诗，你们肯让我喝酒吗？"秀才们毫不在意地说："你如果能作完这首诗，就让你喝个够，这里的酒全给你喝，不然，就对你不客气了！"唐伯虎听了，接着写了"又一上"三字，秀才们笑得前俯后仰，喘不过气来，纷纷说道："这驴鸣犬吠也算诗吗？"唐伯虎拿起酒杯一饮而尽，接着又写了"一上上"三个字。秀才们已经笑得说不出话来，旁边围着看热闹的游客也跟着哄笑了起来。唐伯虎不理睬他们，又自倒了一杯酒，一口气喝干，便提笔续成一首诗：

一上一上又一上，一上上到高山上。
举头红日向云低，万里江天都在望。

秀才们看了后，一个个目瞪口呆，再也笑不起来了。唐伯虎也不多言，拿过秀才们的酒，一人大喝起来，直喝得醉醺醺而去。

这首诗的开头确实平俗无味，“一上”“一上”，再来个“又一上”，使人感觉不到有什么诗味，像一首儿歌的句子。但是，后两句笔锋一转，使诗人高洁宽广的胸怀于平淡处立即凸显出来，构成一篇抒怀佳作。从这首诗我们可以看到，哪怕是即兴戏谑之作，也表现出了唐伯虎深厚的诗学功底。

(1)人们常用“诗中有画，画中有诗”来赞扬一些好的诗词、好的图画，这说明诗不要“抽象”要“形象”；画不重“真实”重“意韵”。比如说，人们常以咏“竹”表示气节；咏“梅”表示铮铮傲骨；咏“兰”表示高洁的品德；咏“松”表示高大形象，等等。反过来，画梅、画竹、画兰、画松也要让人感受到画中包含有那种“意韵”。少年朋友们，你能举出几个实例来与同学们共同赏析吗？

(2)学校里常常组织同学们出外“春游”或“秋游”，当你对“诗画”有初步理解之后，是否也能吟上几首、画上几笔作为纪念呢？

藏书大家祁承㸁

阅读提示

古往今来，好读书者必爱惜书，爱书者必喜收藏。故此，中国历代流传着许多“视书如命”者的故事。至今日，教育已经普及，许多家庭的书架上都摆着一些与主人志趣相关的书籍。于是有人说：你要想知道未曾见面的人，不妨从他的藏书架开始。少年朋友们，如果你是位爱好读书的人，请从现在开始动手收集书籍。根据自己的爱好和志向，突出重点、兼顾相关、坚持不懈地建设具有自己特色的“小书库”。我们相信“小书库”将帮你走上成才之路，成为你一生忠实的朋友。当你听了下面讲的大藏书家祁承㸁的故事后，希望你能从他身上学到一些藏书妙法，这对于勤学者来说，是不可或缺的一课。

讲故事

祁承㸁，字尔光，号夷度，又称旷翁、密士老人，明代山阴（今浙江绍兴）人。生于公元1563年。祖父祁清为嘉靖丁未进士，父亲祁汝霖系国子生。他本人于万历庚子年（公元1600年）中举，甲辰年（公元1604年）中进士，曾在山东、江苏、江西等地为官，官至布政史右参政。

祁承㸁幼时就爱读书，也喜欢书。10岁左右是少年儿童喜欢玩耍的年龄，而祁承㸁一有机会就钻进祖父的书房，兴致勃勃地翻阅各类图书。书籍打开了他的眼界，使他看到了许多未曾见过的世界，明白了许多道理。这一切常使他迷而忘返，忘了吃饭、忘了休息。年龄稍长，他已不满足于祖父的藏书了，便到处借书来读。有一年，他听说杭州某书坊印了一部通史，数量仅一百来部，他赶忙乘船渡过钱塘江，到杭州抢购了一部。得到此书，他"惊喜异常，不啻贫儿骤富矣"。于是，祁承㸁把通史带到他就读的富春山学馆，在完成先生教的功课之余，不分昼夜地攻读起来，竟只花了一个月的时间便把这部有六百余卷的通史一气读完，而自己却累病了，还险些送了性命。祁承㸁每当遇上好书，不仅反复细读，还要抄成副本留存。他曾对人讲："个人好久不读，便有尘俗生于胸，照镜则面目可憎，对人则语言乏味。"还说："积财千万不如薄技在身，技之易习而可贵者，无过读书。"

正因为祁承㸁体会到了读书的乐趣和书籍的重要性，故养成了爱惜图书、收藏图书的嗜好。每次外出或去杭州应试，他总不忘到处搜罗图书。杭州城内的刻坊和书肆是他百去不厌的地方。除此之外，他还走街串巷，遍访私藏。偶遇珍本、善本，便不惜以重金收购。哪怕有的书被鼠虫咬残，书虫蛀蚀，他也要买下，回去后，亲自动手修补。祁承㸁是不惑之年后才中进士、入仕途的。在此之前，他生活并不宽裕，买书的钱都靠省吃俭用得来。偶遇贵重之书时，他是把妻子的衣物、首饰卖掉后才购得的。经过十几年的努力，到35岁时，他的藏书已逾万卷。不幸的是，公元1597年的一把火，将他前半生的心血化为青烟，一万多卷书瞬间荡然无存。其痛心之情，自不待言。痛定之余，祁承㸁决心从头开始。真可谓："苟余心之所善兮，虽九死而言犹未悔。"

进入仕途之后，他的地位、经济力量和活动能力都提高了。由于曾在数省为官，每到一处，乃以十倍的努力征求图书。经20余年的苦心经营，在晚年时已有藏书九千多种，十万余卷。为此，他特地在家乡绍兴梅里兴建了"旷园"。园中另置一室，名为"澹生堂"，专为藏书之所。

书籍多了，为了便于利用，就需要进行精心地分类、编目和管理。为此，祁承㸁广泛深入地研究了历代藏书家和目录学家的理论和方法，并结合自己的经验加以总结。这些内容均记载于他留给子孙的《澹生堂藏书约》及《庚申整书小记》中。为了让澹生堂的书日益增长，代代有传人，他在《澹生堂藏书约》序中对儿孙们约法三章："今与尔辈约：及吾之身，则月益之；及尔辈之身，则岁益之。子孙能读者，则一人尽居之；不能读者，则以众递守之。入架者不复出，蠹啮者必速补。子孙取读者，就堂检阅，阅竟即入架，不得入私室；亲有借观者，有别本则以应，无别本则以辞，正本不得出秘园外。书目视所益多寡，大校近以五年，远以十年一编次。勿分析，勿覆瓿，勿归商贾手。”大有“我死不足念，唯书堪可虑”之风情。序言之后，祁承㸁不厌其详地阐述了“购书”“鉴书”和图书分类编目法。

他说“购书”之法有三：一为“眼界欲宽”；二曰“精神欲注”；三是“心思欲巧”。并把郑樵的“访书八法”一一介绍。介绍之后，祁氏尚觉言犹未尽，便另补了三法：一是前代亡书可从后代书中寻；二是从此书析离出彼书；三是利用序跋之文去访求。此外，他还主张用抄校办法获取图书。

关于“鉴书”的标准，他列了五条：一谓“审轻重”；二谓“辨其伪”；三谓“核名实”；四谓“权缓急”；五谓“别品类”。所谓“别品类”就是“图书分类编目法”。他把历代的经验和方法归纳为四点，即“因”“益”“通”“互”。“因”，就是“因四部”，即因袭“经、史、子、集”四部分类法；“益”，即是在“因四部”基础上增设新类目；“通”，即是把“丛书”中不同类的单书析出，又分录于四部之中；“互”，就是把内容涉及两类及其以上的书同时著录于不同类目之中，使之互见。这些颇有创见性的理论和方法，对于我国图书馆学和目录学的形成产生了不小影响，祁承㸁被尊称为我国图书馆学和目录学的先驱。清人周中孚说祁承㸁所写《澹生堂藏书约》：“虽为其子孙设，实可为天下法。”

祁承㸁未曾预料的是，他逝世十几年后，崇祯皇帝自缢，清军入主中原，天下大乱。祁承㸁的子孙不得不把书分散匿藏，从此，再也没能聚集起来。

“澹生堂”虽然没有于祁承㸁所希望的那样保存下来，但是，这位“嗜读书、善藏书”的目录学大家和藏书家是不会被后代忘记的。

(1)有的少年朋友认为：“买书、读书如同买衣、穿衣一样，用过之后就没有用了。”你认为这种想法对吗？

(2)如果你想建设自己的“小书库”，打算如何管理？

(3)你知道怎样在图书馆里寻找你所要的图书和文章吗？

倡行“行先知后”的唯物主义思想家王夫之

阅读提示

王夫之是我国明末清初著名的爱国主义思想家。他博学多才，对天文、地理、数学、历法等都有研究，尤精于经学、史学和文学。近代以来，王夫之的思想大放异彩。无论是“改革派”“洋务派”“维新派”，还是“革命派”，都对王夫之推崇有加。近代实学开创者之一的魏源；湘军首领曾国藩、胡林翼、左宗棠；维新运动的领导人物谭嗣同、梁启超；辛亥革命志士章太炎、章士钊、黄兴；中国民主革命的先行者孙中山先生、现代著名哲学家熊十力先生等，都从不同方面受到“王学”的不小影响。王夫之倡行“行先知后”这一唯物主义认识论命题，对于我们认识世界和改造世界都有很大的启发和教益。

讲故事

王夫之，字而农，号姜斋，湖南衡阳人，生于明朝万历四十七年(公元1619年)，卒于清朝康熙三十一年(公元1692年)。晚年居住在湘西石船山下，并以石船山自喻，后人遂尊称他为船山先生。

王夫之的父亲是一位很有民族气节的秀才，这对王夫之爱国主义思想的形成是很有影响的。王家乃书香门第，王夫之从小耳濡目染，对中国传统文化经典有浓厚的兴趣。4岁时，随兄长到私塾学习，7岁时已读完了十三经。10岁时，他跟着父亲读完了《五经经义》。由于他勤奋好学，学而好问，在14

岁那年，便考中了秀才。16岁时，王夫之开始攻读诗文，致力于四声音韵之学。不到两年的时间，他就阅读了《离骚》、汉魏《乐府》、晋宋齐梁陈以及唐人的诗词不下十万首。年轻时代的苦心钻研，为王夫之打下了日后学术思想发展的牢固基石。而日后社会的变迁、父亲的影响和亲身经历无疑是王夫之提出“行先知后”这一光辉命题的重要原因。

年轻的王夫之处在民族矛盾、社会矛盾空前激化的时代。为了倾其所学，经世致用，他十分注意时事政治，逢人便问四方之事。他研究舆地、考察各处山江险要、民俗风情、民众生活，并对历代社会政治制度、经济状况和典章制度的沿革也悉心研究。21岁时，他加入爱国组织“匡社”；24岁时，便考中举人。第二年，奉父命到北京参加会试。因李自成起兵反明，明王朝宣布会试“暂时延期”，使王夫之未能一展雄才。没多久，明崇祯皇帝自缢，吴三桂领清军入关占领北京。迁都南京的南明小朝廷依然奸臣当道、朝廷腐败，不能革故鼎新，不出数年，便为清军所灭。王夫之于30岁时，曾同好友管嗣裘等人于衡阳举兵抗清，因寡不敌众，兵败军溃。后辗转去南京，想为明王朝抗清复国效力。但屡遭排挤、迫害，眼看回天无术，便愤然离去。

作为一个有强烈爱国精神的知识分子，王夫之在国破家亡之后，痛定思痛，对明王朝灭亡的原因进行了深刻的检讨。他变姓为瑶人，混住在湘西少数民族地区，一住就是十来年，潜心于著书。在瑶民中，王夫之生活极端困苦，仅靠给瑶民教文化获得一点微薄报酬来生活，有时买纸张的钱都没有，只得收集一些废旧纸来写作，致使这一时期的著作散失了不少。51岁时，王夫之迁徙到湘西金兰乡的石船山定居下来，继续治学和著述。到了晚年，王夫之已腕不胜砚，指不胜笔了，就把纸墨放卧榻之旁，停停写写，抱病坚持著作。他的诗“故国余魂长缥缈，残灯绝笔尚峥嵘”，就是这一时期的真实写照。

我们这位不屈的“故国余魂”在“残灯”下“绝笔尚峥嵘”是为什么呢？就是为了对宋明理学进行清算与批判，就是为了对陆王心学进行控诉。正是他们的狂妄无稽、虚言空学导致世风日下，国破家亡！

他认为朱熹“知先行后”观点的根本错误在于“先知以废行”。按朱熹的学说，人们只会埋头读书而畏于行，在大敌当前之际，只会纸上谈兵；而王守仁的“知行合一”观更是惑世谬论。王氏“以知为行”，实质上“销行以归知”，以不行为行，完全否定了行的重要性。这样的学说能不祸国殃民？针对这两派学说“离行以为知”的谬误，王夫之提出了自己“行先知后”的唯物主义主张。

王夫之认为："知"与"行"是既相区别，又相统一的。"知"与"行"虽各有效用，但不能相离。在知行的相互作用方面，他认为知必须通过行才能获得，行却可以不通过知去行动就可以得到知上的效果；反过来，离开行去仅仅求知，却是不能得到行的效果的。他指出：行是根本的，因为"行"是检验"知"的唯一标准。这是多么睿智的见解啊！

在治学和读书活动中，王夫之也是提倡并身体力行走"行先知后"这一认知观道路的。由于他把行提高到空前未有的重要地位，所以非常重视实际与学问的联系，批评那种"以学识为学识"的"玩"学识的态度。即使研究历史，他也要"引古讽今""鉴古知今"，把历史与现实联系起来，古为今用。

王夫之与顾炎武、黄宗羲同为清初三大思想家。王夫之坚持学术研究40年之久，写了大量的著作。经后人整理的《船山遗书》保留了他100余种、400余卷、800多万字的研究成果，是我们后人研究船山先生的重要资料。

(1)"知"与"行"的问题，可说是人生的大问题。学校是同学们求"知"的重要场所，如何使同学们在校之所"知"成为出校之可"行"，既是衡量学校成功与否的尺度，也是同学们自己应主动考虑的问题。你能邀几位有独立思考能力的同学在一块讨论一下"学校教育与社会实际"这个问题吗？

(2)请把毛泽东主席的《实践论》找出来阅读，与王夫之的"行先知后"观相比较，谈谈"行"与"实践"的异同点和实践的重要意义。

(3)王夫之除了在认识论方面贡献卓著外，在民族主义和民主启蒙思想方面对近代的影响也十分巨大，请同学们找来有关书籍读一读。

“跛而可以能履”的章学诚

阅读提示

“跛而可以能履”这句话是章学诚在《与史馀村论学书》中对自己治学态度的概括。生活的困苦，使章学诚“几无生人之趣”。他“跛而可以能履”，是因为他对治学的万分热爱，是因为他对自己的事业无限尊崇，是因为对自己治学能力的高度自信。“跛而可以能履”就是一代史学大师章学诚一生的写照。

讲故事

章学诚，字实斋，号少岩，浙江会稽（今绍兴市）人，于清乾隆三年（公元1738年）出身于一个官僚地主之家。祖父章君信爱好史学，父亲章镳，乾隆七年（公元1742年）进士，曾任湖北应城知县，居官清正，为贪奸不容，在任五年即被罢官。因贫竟不能归故里，故侨居应城，以讲学维持家计，最终客死应城。章学诚从幼时至少年，经常害病，大脑迟钝，读不进书，表现出明显的先天不足。到了十五六岁时，资质呆滞依旧，却知道用功，在父亲的影响下，对史学产生了兴趣，曾删节《左传》，重新编年。父亲见后告诉他，此法毫无新意，不如按纪传体裁重编一下，此前人所未作。于是，他“日夜抄录春秋内外传及东周战国子史，辄复以意区分，编为纪表志传，凡百余卷，名曰《东周书》”。此举虽属“少年儿戏之作”，却使他对辨析史书体例有所领悟。20岁时，见父亲对《庾开府集》中吴注“春水望桃花”为“三月桃花水下”不以为然，另加评语："望桃花于春水之中，神思何其绵邈！"如醍醐灌顶，回视吴注意味索然。从此他更深地体会到读书"能别出意见，不为训诂牢笼"是何等量要。"二十一二岁，骎骎向长，纵览群书，于经训未见领会，而史部之书，乍接于目，便似夙所攻习然者，其中利病得失，随口能举，举而辄当。"已表现出了非凡的史学才能。与此形成极大反差的是其个人生活的贫困和科举仕途的一再失意。

父亲丢了官，连回老家的路费都没有。23岁时，章学诚第一次到北京参加乡试，没有考中，两年后又去应试，还是落选。直到39岁时才中举人，41岁中进士，也未得一官半职。为了生活，章学诚不得不去做一些自己并不爱好的工作，如修《国子监志》、学写应时文章等。而且很长时间不得不寄住在好友和老师家里。51岁那年，父亲卒于应城。寄住北京的章学诚闻讣后，竟贫困得不能奔丧。有一次患病无钱医治，幸好被好友邵晋涵接至家中，才免一死。但是，这一切并没有摧毁章学诚对史学的爱好。在发奋读书的基础上，他立志要对二十一史义例进行梳理，"遍察其中得失利病，约为科律"，"讨论笔削大旨"。这就是章学诚写作《文史通义》的思想开端。

章学诚35岁以后，开始撰述《文史通义》，直至晚年，许多篇章都经过反复修改。顾名思义《文史通义》，是综合讨论文史理论问题的。同唐代刘知几写的史学评论著作《史通》不相雷同。但这两部史学巨著的诞生却是太相似了。当年刘知几在史馆不得志，满腹才华无法施展，退而撰写《史通》；章学诚在国子监常被"斥落"，又不愿为"法律若牛毛"的"举言文艺"所束缚，故离开国子监，按自己的计划著作《文史通义》。章学诚对《史通》与《文史通义》的区别是这样说的："刘言史法，我言史意；刘议录局纂修，吾议一家著述。"由此可见，这是章学诚决不因循守旧的治学思想的体现，说明昔日父亲的培养，自己多年的奋斗已见成效，一颗史学巨星在冉冉升起。更为重要的是章学诚《文史通义》立意的现实意义。乾嘉时代，人人竞言考据之学，很少注意经世致用的目的。于是他大声疾呼："史所贵者，义也；而所具者，事也；所凭者，文也。"义、事、文三者相较，义最为重要。事和文不过是作为存义的材料和工具。他决心从大的方面探求学问的义理，学术的源流。为此，他提出并论证了轰动当时整个学术界的"六经皆史"的命题。他说：既然《六经》为具有实在内容的史，孔了删订《六经》，目的在于取先王典章，借此"存道"，以垂后世，那么治史的目的在于"经世致用"不是自孔子以降，早已有之，合乎圣人之法吗！

尤其难能可贵的是，章学诚的不朽巨著——《文史通义》，乃是“江湖疲于奔走”之时，“撰著于车尘马足之间”。除此之外，他还写下了与《文史通义》交相辉映的《校雠通义》，以及《史籍考》《乙卯丙辰札记》《阅书随札》《永靖县志》《河州县志》等著作。

章学诚是在坎坷潦倒中度过自己一生的。但是他“跛而可以能履”，终身专注于文史校雠事业，硕果累累，为后人留下许多宝贵的精神财富和治学经验。

（1）关于治学，章学诚曾谈过自己的心得：“薄其执一，而舍其性之所近，徒泛骛以求通，则终无所得矣。惟即性之所近，用力之能勉者，因以推微而知著，舍偏而得全，斯古人与通之方也。”请把这段话译成现代文并谈谈自己的体会。

（2）章学诚在史学上取得惊人的成就，靠的是什么？

“不受绳尺”的郑板桥

阅读提示

郑板桥小时候是个勤奋好学，志向远大的孩子，成年后，生活中疏狂洒脱，不拘礼俗；学术上为“扬州八怪”之首。这是什么原因呢？人们常说“时势造英雄，英雄造时势”，可见社会与人之间是一种相互影响，相互制约的关系。郑板桥生活在康乾年间，由于封建统治者大兴“文字狱”，使得知识分子人人自危，个性极端压抑。具有不屈个性的郑板桥，如同被压在巨石下的一颗树苗，要么在巨石下沉默而死；要么斜出巨石而生，顽强地表现出自己的生命力。郑板桥选择了后者。因此，我们认为郑板桥在生活、在艺术世界里“不受绳尺”的表现，乃是对封建社会的一种反叛和抗拒。而他在艺术上的开创性成就，点点滴滴浸透着郑板桥赤诚的心血和辛勤的汗水。

讲故事

郑板桥，名燮，字克柔，自号板桥。江苏兴化县人，生于公元1693年，卒于公元1765年。他出身书香门第，祖父当过偏官，父亲是一位品学兼优、地位低下的廪生，终身以教书为业。板桥的母亲“端严聪慧特绝”，外祖父“奇才博学，隐居不仕”。郑板桥就是生于这两股不同的血脉，养于两种不同的气质之中，在社会的压抑下，成长为一代“怪才”。板桥年幼时，便跟随父亲在私塾读书，由于他天资聪明，好动脑筋，学习进步很快。懂事后，由于生活的贫困，家庭的变故，板桥内心深处逐渐凝聚起强烈的与人竞胜的意念。这主要表现在他刻苦学习的行动上。他“每读一书，必千百遍”，以致到了神思恍惚的地步。除了攻读诗书之外，郑板桥还十分喜爱书法和绘画，并下了不少工夫，打下了坚实的基础。郑板桥青年时代满脑子想的是功名，但现实生活却把他更多地推向了与功名无缘的书画领域。

由于婚后生活负担加重，也出于对艺术的爱好，郑板桥不得不暂时放弃追求功名，以写字作画为生，直到40岁才中举人，4年后又中进士。50岁开始，他先后在山东范县，潍县做了12年县令，这与他早年对功名的期望是有很大差距的。虽然如此，在任上他却是尽力为百姓做好事。有一次，潍县发生了自然灾害，他不怕得罪上司，毅然开仓赈贷，救活万余灾民。由于他不善为官之道，竟当了12年县官不得升迁，还为权贵们所厌嫌。到61岁时，他主动弃官还乡。当时潍县“百姓痛哭遮留，家家画像以祀”。

随着社会阅历的加深，郑板桥思想中的“正统”观念逐渐动摇乃至坍塌。他在诗中写道：“历览前朝史笔殊，英才多少受冤诬；一人著述千人改，百日辛勤一日涂。”“黄金先头史书名”，“俗子几登青史，英雄半在红尘。”这不是对所谓“正史”的辛辣嘲讽吗！

在诗歌创作方面，他呼吁文人从故纸堆里抬起头来，走出风月花酒的个人生活圈子，注目于现实，为解除人民的痛苦境遇而尽力。为此，他写下了许多感人的作品。

在绘画方面，郑板桥特别喜欢画兰竹石菊，而画兰与竹更是他的擅长。他一改传统的文人画标举“士气”“逸品”，追求笔墨情趣、回避现实的作风，提倡先“工”后“写”——状物与抒情相结合。画兰时，不讲“风调”，使以“粗头乱服”的技法，画竹“不受绳尺”，“横涂竖抹”，不求尔雅。这些作品“无古无今，自成一格”，表现了郑板桥桀骜不驯的个性、高风亮节的品质和对社会现实的愤懑之情。在书法上，郑板桥创造了一种“六分半书”的技法，以隶书为基本骨架，揉以真、行、草、篆和以竹、兰叶瓣的画法以成，这种别具一格的奇特构思，同样表现了板桥不受绳尺的艺术风格与张扬个性。

(1)读完郑板桥的故事后,你认为他“不受绳尺”表现在哪些方面?

(2)郑板桥说过一句名言:“聪明难,糊涂难,由聪明而转入糊涂更难”,简称“难得糊涂”。你知道郑板桥为什么会说这样的话吗?

(3)“扬州八怪”所指无定论,也并非仅有八位。你能讲出几位的姓名和其对后世的影响吗?

考中状元不做官的金榜

阅读提示

“状元”是封建科举中最高一级殿试后，由皇帝钦定的第一名的俗称。始唐至清，真正的状元不过千人，真可谓凤毛麟角。一个人一旦中了状元，即可入翰林院，授六品“修撰”之职，而且升迁较快。一些重要官职，如宰相、吏部尚书、礼部尚书是非翰林出身不授的。所以，翰林学士被人们视为“储相”和“玉堂人物”。可是，中国历史上却出了个叫金榜的人物，他考取状元后，第二年就自动离职回家了，回家干什么呢？读书治学也。

讲故事

金榜，字蕊中，一字辅之，号檠斋，安徽歙县人。生于1735年，卒于1801年。金榜小时家里很穷，其父长溥，于乾隆十三年中进士，在此前，他不得不白天下地干活，养家糊口，晚上拼命读书。金榜的哥哥金槐，乾隆二十六年中进士。长溥为小儿取名金榜，乃是激励他效仿父兄，更上一层楼，金榜夺魁。

金榜少年时，非常好学，遍拜名师。他曾长时间向著名的古文学家刘大櫆学习古文辞；稍后，又拜经学大家江永为师，专攻经学，并深有心得。同时又遵父命，向制义大师方粲如学习八股文。在这些“各以所长而擅天下先”的名流指导下，金榜如饥似渴地学习，学业水平蒸蒸日上。金榜的自我感觉是：“犹鱼得水，犹猿得木，犹百鸟依鸾凤而毛羽因之改色！”正因为如此，金榜很快通过了“童试”“乡试”，中为举人，被时人誉为“江南魁俊”。乾隆二十九年，皇帝南巡并诏试江南举人，金榜又以“诗赋优长”而博得乾隆的赏识，特授为内阁中书之职。不久，就被钦命为军机处行走，官居要职。乾隆三十七年，金榜不负父望，果然大魁天下，夺取了状元。

由于金榜本人深受乾隆赏识，众人皆不怀疑他入阁为相指日可待。可这位金榜状元，竟“急流勇退”，于第二年便请旨“养病”，离职回家了。其时，金榜年不过四十，纵有患疾，也不至于再也不能做官了，其原因是他立志成为一名青史留名的“通儒”，把成就功名看成是自我价值的一个方面。这与历史上无数沽名钓誉、卖身求官之徒相比，可谓天壤之别。

少年朋友们肯定会问，后来那金榜学问又做得如何呢？

金榜最擅长的是“经学”。何以为“经”？章太炎说，一切书籍皆可为经，可见“经学”乃我国古代一门综合性学问，涉及古代社会的政治、经济、文化的各个方面。由于年代已久，后人有意无意地删增，使研究“经学”的人非有过人的才华与卓识，否则是难于取得成果的。我国经学又分为“汉学”与“宋学”。“汉学”尊郑康成，重视“名物训诂”；“宋学”重视“微言大义”，后学不师程朱，便师陆王。各派皆持门户之见，互相攻伐。

金榜是“汉学”派经学大师江永的高足，与江永的另一得意门生载震一同创立了“新安学派”。在经学研究上代表了当时的最高水平。学者中流传着“经学之盛在新安、古文之盛在桐城”的说法。“新安学派”有个好学风：不迷信、不妄断。金榜曾说“治经大法”是“不信亦非，悉信亦非”。大意是：胡思乱想不对，全盘接收也不对。而是要“博稽而精思，慎求而能断”。

金榜继承了江永制礼学的特长，毕生究治《礼经》一书。金榜从青年时起，就开始了撰著《礼笺》一书的工作。《礼笺》篇幅不大，但对古代政治历史、田赋制度、天文地理、礼俗器物等学术问题都有涉及。以金榜之才识，他的学生、朋友都希望能早些看到他的这部著作。但金榜认为未定之作，不可示人，以免谬种流传。他反反复复地修改，直至乾隆五十八年冬天，金榜自知来日无多、从病榻上硬撑起来，亲自从自己的书稿中挑出数十条他认为比较放心的札记交人抄写，并托其诤友朱珪为之作序。遗憾的是，金榜没有看到自己的著作是如何刊布行世就与世长辞了。翻开《礼笺》一书，我们发现金榜对所论及的每一个问题都有很深刻的研究，都有前人未有的真知灼见。他虽有师承，却不囿于门户之见，反对“非汉不信”，从而纠正了被“汉学”奉为金科玉律的两汉经文注疏中的许多错误，还对古奥不全的经文本身提出了不少完善性的补正。人们称赞金榜为“言《礼》之舌人”“有功于《周礼》之学”。金榜若泉下有知，一定会对自己当初选择的道路感到欣慰。生前他曾对朋友说：“功名富贵不过是夏天的扇子，冬天的皮袍，季节一过，就失去了意义，只有真实的学问才是永恒的东西。我们的学问虽不敢与天地相比，但起码也要争取与山河相侪！”

(1)请你谈谈金榜的治学经验和学业成功的原因。

(2)世易时移，“经学”作为传统文化的一部分，除了少数专家学者之外，已没有多少人去学习和研究了，但在金榜身上表现出的为学术献身，不求名利的精神，仍应是中华学者的典范。请你写篇读后感或议论文在同学之间交流。

冬扇《桃花扇》，泪洒《牡丹亭》

阅读提示

本篇讲的是中国历史上两位极负盛名的剧作家创作时的小故事。同学们可以看到，即使是伟大的剧作家在写作时也是那么投入、那么认真。他们决不因自己学识渊博而马马虎虎。这，就是他们成功的奥秘！

讲故事

孔尚任是《桃花扇》的作者，生于公元1648年，卒于公元1718年，清朝康熙时期山东曲阜人，字聘之、季重，号东塘、岸堂、云亭山人，孔子第64代孙。年轻时就精通儒家经典和诗文。康熙南巡时被召讲经，破格授国子监博士后，往住北京。有一次，孔尚任去拜望他的族兄孔才训和舅翁秦光仪，此二人曾在南京为官多年，对南明小朝廷的内幕比较了解。在交谈中，秦光仪就给孔尚任讲了南明时的一则广泛流传的逸闻轶事。大意是秦淮名妓李香君，色艺双绝，与复社文人侯方域相好，并定终身。奸臣阮大铖为报复复社，就唆使马士英派人抢来李香君送与田仰。香君誓不相从，以头撞柱，血溅在侯方域送给她的定情纸扇上。有人见扇上有红色的血痕，就用笔点染成几朵桃花，遂取名“桃花扇”。

孔尚仕听后，很受感动，一连几天，李香君血溅定情扇的形象仿佛就在眼前，于是他开始动笔写《桃花扇》。

这一写就是10年！在这10年里，他曾利用在江苏沿海一带为官三年的机会，广泛接触大量的下层劳动者，曾与几千名渔民、盐民同吃同住同治水，对渔民和盐民的艰苦生活、繁重的劳动和质朴的品德有较深的感受，这对他的创作产生了很深的影响。

在这一时期，他广泛游历了江南一带的名胜古迹和南明朝的遗迹，特别深入地了解了南京、扬州这两座名城的历史，它们是《桃花扇》里主要人物的活动中心。他去凭吊抗清英雄史可法的墓，去看过秦淮河上李香君“眠花”的旧院。拜访过许多不与清政府合作的前朝名士，如冒襄、石涛、张瑶星等人。其中有些人不但是南朝灭亡的目击者，也是南朝政治活动的参与者，尤其是南明文人冒襄，还是侯方域等人的好友。孔尚任从他们的口中得到了许多可靠的史料，对南明王朝的衰亡有了深刻的体会。这些第一手的资料，都成了孔尚任创作《桃花扇》的源泉。

孔尚任创作《桃花扇》时，特地用山东“鲁缟（gǎo）”仿“桃花扇”制了一面扇子放在桌上。凝视着扇面上的桃花，孔尚任仿佛看到了李香君、侯方域、柳敬亭就在眼前；拿起这把“桃花扇”，好像剧中繁多的人物，纷杂的事件，一一都被这把扇子串联起来了。

月复一月，年复一年，孔尚任就这么写呀写，他忘记了周围的一切。他创作时，喜欢拿着扇子摇着，想着，扇着，体会剧中人物的思想感情。在大雪纷飞的寒冬里也是这样，直到他突然感到冷时才意识过来。于是放下扇子，搓搓手，又继续埋头写作。常常写到天明鸡叫，他还在那里一字一句地反复推敲。

有一次，同族举人孔尚铉来看望他，发现他一边写，一边不停地摇着手中的扇子，而窗外正飘着鹅毛大雪呢！他便感叹地说：“冬扇桃花扇，笔写《桃花扇》，如醉如痴，呕心沥血，谁解其中味？”

《桃花扇》刻印后，京城轰动。人们争着抄，抢着读，一时间“洛阳纸贵”。孔尚任名扬天下，与曾创作传奇《长生殿》的名剧作家洪昇齐名，人称“南洪北孔”。

《牡丹亭》的作者叫汤显祖，字义仍，号海若，若士，清远道人，江西临川（今抚州市）人。明代戏剧作家、文学家，生于公元1550年，卒于公元1616年，比孔尚任早一百年来到这个世界上。年轻时就因妙手著文章而出名，33岁那年中进士，后任南京太常寺博士、礼部主事，因不附权贵上疏弹劾大学士申时行而被降职、免官，回到故乡临川县的乡间闲居。

回乡时，汤显祖已四十余岁。他早年写的《紫萧记》和《紫钗记》已在民间广为流传。在封建礼教恣行的明代，青年男女纯真的爱情常常遭到世俗的无情践踏，从而引起了他强烈的同情，回乡后不久，他就立即动手写作《牡丹亭》。

汤显祖的写作是非常刻苦的。他每天天刚亮就起床，稍事整理，就来到书房酝酿剧中情节、人物形象、对话和诗文；一旦构思成熟，马上伏案疾书，一气呵成，往往是几个时辰后才搁笔休息。

汤显祖写作时是不准有人去打搅他的。到了吃饭时间，汤夫人只好自己亲自到书房三请四接。有时汤显祖摆摆手，话也懒得说一句；有时虽然口里答应“就来，就来！”，身子却一动也不动。等到他吁口气，放下笔，从书房中出来时，饭菜早凉了。

汤显祖毕竟是50岁的人了，日日夜夜地这么写着，身体很快垮了下来。汤夫人非常担心，常常劝他注意饮食和休息，还责备他说：“你对着镜子看看你变成个什么样的人了！”汤显祖总是一笑置之：“没关系，戏一写完，我就会胖起来的。”有时又说：“我每天都在同柳梦梅、杜丽娘、春香打交道，我健康得很，你不用担心。”

有一天中午，又到了吃饭时间，汤夫人同往常一样到书房叫汤显祖吃午饭，可是门虚掩着，房内空无一人。喊了几声，没人回答。等了老半天，也不见汤显祖的影子。汤夫人甚感奇怪，就派人四处寻找，找了半天，谁也没有见到他，汤夫人有些慌了，自己带着家人，前林后院地整个找了一遍，还是不见人影。她一面派人到附近庄上和路边的住家去打听，一边揣摩着汤显祖可能的去向。

突然，一个丫环指着后院里一间柴屋说：“夫人，我好像听见有人在那里面哭！”汤夫人慌忙赶去仔细一听，除了能听到隐隐约约的哭声外，好像还夹杂着嘟噜声。

汤夫人带着众人赶忙推门进去，只见柴堆边坐着一个人，用衣袖遮着脸，独自一人在伤心地哭泣。她立即走过去，拉开那人的衣袖，才看清楚此人正是让大家久找不见的汤显祖！

夫人看着他泪流满面，无限悲伤的样子，吃惊地问他：“老爷，我们都在到处找你，你一个人跑到柴房里来哭什么呢？”

汤显祖这时才好像从痛苦中慢慢清醒过来，他揩了揩眼泪说：“这里清静，我在这里构思戏文。刚才我在写《牡丹亭》第25出《忆女》一场，想到‘赏春香还是你旧罗裙’一句时，情不自禁，就替春香哭了起来。”

原来这一场戏写的是春香陪老夫人一起到后园祭奠死去 3 年的杜丽娘。春香想到丽娘生前待她的种种好处，看着自己身上穿着的丽娘送给她的罗裙，睹物思人，物在人亡，忍不住痛哭起来。

汤夫人听到这里，又是感动，又是好笑："你写戏迷到这种程度，小心成为疯子啊！"

汤显祖也笑了："不会的，不会的，疯子是不能写戏的。"

汤显祖全身心地投入创作，使得《牡丹亭》中的人物个个性格鲜明，人物丰满，感情真实。《牡丹亭》语言优美、情节曲折生动，具有很强的感染力。这部剧作一问世即令文坛轰动，"家传户诵，几令《西厢》减价"。

动脑筋

（1）中国自元代以来，优秀戏曲家灿若群星，你能说出几个戏曲家的名字和他们的作品吗？

（2）在学校里，同学们常参加"文艺晚会""文艺会演"之类的活动。如果有的同学能把发生在自己身边的事情写成小剧本上演，大家一定会很感兴趣的，你能试着写一篇这样的小剧本吗？

李颙自学成大儒

阅读提示

在中国历史上，有许多早慧的孩子，10岁左右就名扬天下了，像“甘罗十二为上卿”“曹植七步成诗”“史青五步成诗”“寇准三步成诗”等。这些孩子之所以有这样大的成就，一是本身聪慧；二是后天培养。但是，对于一个从没有过师承的小孩子来说，要让他从识字开始走自学的道路，其难度是无法想象的。本故事中的主人翁李颙，就是一个自15岁起才开始自学识字，直至成为清初“三大儒”之一的哲学家。这个故事再一次向我们揭示了“事在人为”的道理。

讲故事

李颙(yóng)，字中孚，号二曲，明清之际陕西盩厔(zhōu zhì，今陕西省周至县)人，生于公元1627年，卒于公元1705年。

李颙从小家境贫寒，身弱多病，9岁时才开始上学，上了20天的课，《三字经》都没念完就病倒了，只好停学治病。后来，又随舅父学习了几天《大学》《中庸》，不料旧病时常复发，无法坚持学习，只好辍学了。

李颙的父亲李可从，为人慷慨、侠义，用兵、打仗也颇有谋略，人称“李壮士”。明崇祯末年，李可从被招从军镇压李自成的起义。李可从知道此次出征，九死一生，自己死后，弱子何人照顾、培养？自己一生穷困潦倒，无一资财留给儿子，连尸骨都要抛弃沙场，遂奋力拔下自己的一颗大牙，交给妻子彭氏，嘱咐妻子说：“我去之后，你务必好好教导中孚，要他努力学习，正直做人！让中孚见齿如见父，万勿荒废学业！”

两个月后，李可从战死沙场的消息传来，彭氏悲痛万分，准备以身殉夫。亲友们极力劝慰，年已15岁的李颙跪在母亲身前，泣不成声地对母亲说：“父已去世，母要殉夫，如此节烈之举，本无不当之处。但母死后，儿也要以死殉母，这样一来，李家就后继无人了，请母亲千万保重！”

彭氏听了儿子一番话，母子抱头痛哭一场。彭夫人从此打消了殉夫的念头，下定决心今后哪怕吃再大的苦，也要把儿子培养成人。

李家本来就一贫如洗，既无田产，又无住房，一间破房还是租来的。李可从死后，李颙母子的生活更加艰难了，常常是吃了上顿没下顿，甚至一连几天都揭不开锅。身体本来就羸弱的李颙，在丧父之痛和饥饿的折磨下，脸色干黄如菜色，所以有人给他起了个绰号，叫“李菜”。

邻居们见李家母子生活实在太艰难了，就劝彭氏改嫁，好活出两条命来。彭氏断然拒绝说：“我之所以还活到今天，就是为要把李颙这孩子培养成人，不然我何必活在世上受苦呢！请不要再说改嫁之事了！”

又有一次，有人好心来告诉彭氏说：“县里在招衙役，你把儿子送去当个衙役吧，不但中孚有饱饭吃，还能接济一下家里。”彭氏一方面感谢来人的好意，一方面说：“我活着的目的就是要把中孚培养成一个有学问的人，这是他父亲的多年愿望，我决不能放弃，李中孚是绝不能去当什么衙役的！”

彭氏夫人多次送李颙到私塾先生那里去读书，都被种种理由拒绝了。原因很简单，李家太穷了，交不起足够的学费呀！

彭氏夫人想：别人嫌咱家穷，不肯收留中孚。求人不如求己，就把中孚送到舅父那里去吧！于是，她打发儿子到舅父那里去读书。谁知道，不久李颙伤心地怏怏而回，母亲忙问其故，李颙答道：“舅父说他那里学生太多了，无法再加入，叫我到别处去问问，或许有空位置。”

彭氏夫人万万想不到舅父连同胞之情都不讲了，不觉怒气从胸中升起，她对李颙说：“孩子，咱们人穷，决不能志短！难道没有老师就不能学习了吗？依我看，古代圣贤都是你的老师，你一定要发愤自学，争这一口气啊！”

这么多的变故和磨难，对李颙的震撼太大了，他很快地成熟起来，决心不辜负父亲的遗志、慈母的艰辛和期望，一定要自学成才。

李颙找出从前学过几天的《大学》《中庸》，拂去书上的灰尘，打开来，一字一字地学起来。不认识的字，就写下来请教别人。无论对大人还是对比自己还小的孩子，他都是恭恭敬敬地请教。句子弄不懂，想不通，也是向人求教。古人云："好问则裕。"如此年复一年，李颙在文字上已进步不小了。这时，李颙父亲的一位朋友，见他这样勤奋学习，非常感动，就送了一部《海篇》给他。《海篇》就是当时的字典，这对李颙该是多么大的帮助啊！有了这部字典的帮助，李颙的学习进度明显加快了。而对书中的道理也理解得透彻多了。李颙眼见母亲日夜纺织，为家中操劳，还主动抽时间出去拾柴，采野菜，以维持家用。而彭氏夫人总是制止他，尽量自己多干一些活，好让儿子有时间多读一点书。

李颙家本来藏书不多，李颙读完家里书后，只好向别人借书来读，借来的书，更是不能耽误借期，无论是盛夏还是严寒，李颙总像是有人在追赶一样，拼命地读书，学识越来越广博。有一天，李颙写的文章被县里的学官看到了，学官赞叹不已地说："世界上如有不经老师教授，靠自学写出好文章的人，李颙是天下独一无二啊！"他鼓励李颙参加县里的考试。

李颙所读之书非常广博，除经、史外，天文、地理，以至三教九流，无不研究。这使社会上的一般俗人大为惊讶："读书是为了科举，科举要的是四书五经带八股，他读书无类，这都是没有老师指导的结果啊！"李颙不为所动，继续博览群书，终于成为一代大学者，同黄宗羲、孙奇逢齐名，并称"三大儒"。

（1）自学作为一种启蒙方法是很难的，但是当一个人有相当的文化基础之后还不能自学又是很可悲的。同学们，你们能讲一讲这两种自学的区别吗？

（2）古今中外有许多自学成才的人，你能讲一讲他们成才的经过吗？

先后拜师十七人的叶天士

阅读提示

自从孔夫子说了“三人行，必有我师”之后，后世学子确实从中受益匪浅。孔子的这句话，已经成为中华传统文化的一部分。当然，孔子所说的“三人行，必有我师”中的“师”的含义，主要是指有可学习的东西，而不是指要行弟子之礼的老师。就像史书中记载的，王安石常向“农夫女工”学习一些有关知识一样，并非拜“农夫女工”为老师。

中国传统文化里，对“拜师”是非常慎重的，有“一日为师，终身为父”的说法，意思是一旦你行了弟子之礼，终身都要像对父亲那样尊重老师。当然，这不仅仅是对老师个人的尊重，更主要的是对老师所代表的知识和品德的尊重。所以，越是勤奋好学之士，越是尊重老师；越是求学心切的人，越是具有超越一般人的谦恭精神。叶天士就是这样的人，他为了在医学上有所建树和学得真传，先后拜师 17 人，现取其中两人为例。

讲故事

叶天士本名叶桂，字香岩，天士是他的号，生于公元 1667 年，卒于公元 1746 年，清代江苏吴县人。叶家世代从医，家学深厚，天士从小勤勉好学，成年后尽得祖上真传，已为一方名医。

叶天士自立门户挂牌行医之后，有个叫薛雪的医生也在同一条街上挂牌行医，医术也不错。有一次，叶天士医好了一个被薛雪宣判为得了“不治之症”的病人。消息传开后，薛雪十分嫉恼，认为叶天士有意拆他的台。他发誓要压倒他，故将自己的住宅称为“扫叶庄”，要扫尽叶天士的威风。年轻气盛的叶天士听了也不示弱，“来而无往非礼也”，便在自己的住宅门口也挂了一块牌子，取名为“踏雪斋”，意思是要把薛雪踏在脚底下，让他不得翻身。

没过多久，天士的母亲患了重病，叶天士用尽了浑身本领，使其母喝药无数，病却毫无转机。叶天士心急如焚，束手无策。这件事被薛雪知道了，他在众人面前大笑叶天士学识浅薄，孤陋寡闻，并说：“庸医也！要是我来治，三服‘白虎汤’，便可药到病除。”叶天士已黔驴技穷，遂用“白虎汤”试治其母，果然如薛雪所言。

这件事给叶天士以很大震动。他知道，从整个医学功底来说，薛雪是不如他的，但薛雪有此绝招，远在自己之上，要不是薛雪的“白虎汤”，自己母亲的命都难保，还谈什么功底与名声呢？于是，他十分谦恭地来到“扫叶庄”，拜薛雪为师。薛雪自知叶天士的名声比他大，见他如此真诚，也很受感动，赶忙向叶天士检查自己的错处。从此之后，一对相嫉、相轻的冤家，变成了相互切磋，相互学习，相互砥砺的益友。

叶天士所拜的另一个先生是位老僧。有一回，一个举子来找叶天士看病。“望、闻、问、切”之后，叶天士对举子说：“先生请回去吧，也不要去应试了，百日之后，性命难保。”举子问：“有法治否？”叶天士摇摇头叹息道：“先生实在无法可治了。”举子当然不甘心等死，后来他打听到有一位老僧医术超群，便上门求医。老僧的诊断与叶天士所言相同，但当被问及“有法治否”时，老僧开了一方：“百日之内，以梨为生。”举子照此办理，吃梨无数，百日后果然康复，便再到叶天士处复诊，叶天士脉诊后说：“无病。”当他向举子问及详情后，惊讶万分，当即取下“医牌”，举家搬迁，人不知其所往。

叶天士多么想拜老僧为师啊！但他知道：自己在医界是一位成名人物，老僧绝不肯收。当他把自己的担忧告诉一个朋友时，朋友给他讲了五代时期的钟隐为了向郭晖晕学画，不惜卖身为奴到郭家，偷偷学画，最后终于感动了郭乾晖，收他为徒的历史故事。

叶天士听后茅塞顿开，于是改名换姓去拜老僧为师。叶天士十分勤奋，谦虚好学，深得老僧的喜欢，老僧也不吝赐教。每次出诊，都带叶天士随往，而且让他先诊，自己后断。到后来，叶天士每次诊断的结果，大都同老僧所言相同，有时用药配方似乎更胜老僧一筹。老僧得此高徒，喜不自禁。一晃

3年过去了。有一天，老僧对他这位得意门生说："我看你学医已成，为师也没有什么可教你的了，你就下山吧！凭你现在的医术可以赛过江南的叶天士了。"听了这话，叶天士忙向老僧下拜，并把自己改名换姓，拜师为徒的缘由告诉了老僧。老僧恍然大悟，回想这几年叶天士勤谨恭学的往事，他对叶天士身为名医，尚且如此求学的精神十分感动与敬佩，连连说道："善哉！善哉！"

由于叶天士能广泛吸取各名家之长，拜师17次，所以他能灵活地运用古法治疗各种疾病，处方简约，尤其擅长医治奇经、脾胃、儿科等病，成为一代"神医"。

(1)读了叶天士拜师的故事后，结合自己平时的感受，用"谦受益、满招损"为题写篇议论文。

(2)"偷学"，是古人的无法之法，我们只感其求学的精神可嘉，无意模仿，何况我们今天的学习条件比起古人来不知好了多少倍，按理说，我们今天的少年朋友们应比他们学得更好。试用"我们这一代"为题，写一篇当代青少年勤奋好学的文章。记叙文、议论文均可。

“万卷书”与“万里路”

阅读提示

中国有句古话：“读万卷书，行万里路”，强调知与行要合一。顾炎武就是一个把“行万里路”与“读万卷书”很好地结合，并身体力行，真正实践的杰出榜样。顾炎武作为古代学者，懂得注重理论联系实际，注重把书本知识与实际知识相结合，从而达到“经世致用”的目的和效果，他的这种求实精神在当时是非常了不起和难能可贵的，就是在今天，也是值得我们好好学习的。

讲故事

清朝年间，在鲁、冀、辽、晋的交通要道上，出现了一个行动有些奇怪的人。他约莫50岁出头，衣着简朴，带着四匹骡马和几个仆从，自己骑在一匹马上，其余的骡马则驮着沉重的大筐，筐子里满满当当，装的全是书。

马在平坦的道路上走着，这个人坐在马背上半闭着眼睛，咿咿呀呀地背诵起书来。背着背着，忽然在有一处“卡壳”了，他便立即勒住缰绳，翻身下马，拿出书本将背不出的地方反复温习几遍，直到书背熟了，再继续策马赶路。

每行至一处关隘要塞，他便去找几位老兵或退伍的小卒，仔细询问有关地理、历史等情况。老兵们说的有些与书上记载不相符，他便亲自到实地考察，一处一处地核对清楚，然后写下笔记。途中若是遇到好书和珍贵文物，他就买下来；若别人不卖，他就全文抄录或是借来读完了再走。

这位先生，就是明末清初著名的爱国志士，我国历史上杰出的思想家和学问家顾炎武。顾炎武，明万历四十年（1613年）出生在江苏昆山亭林湖畔，取名绛，字宁人。后来，由于景仰文天祥的门生王炎午的为人，遂改名炎武，后人则尊称他亭林先生。

顾氏自公元3世纪以来，一直是“江左望族”。顾炎武的高、曾祖辈中，有四人是进士，在晚明朝廷中做过侍郎、御史等官。他出生以后，家道中落。其继嗣祖父顾绍芾（音fú）对他早年读书生活起了很大的指导作用。他教导顾炎武读政书、兵书，以及一切有用之书。方法是不但要读，并且要抄，因为亲手抄一遍，理解就更深了。还有一种学习方法叫“温经”，四人坐在一起，背诵经史正文和注，然后展开讨论，一天200页。可见，顾炎武自少年起，所接受的培养和自我锻炼，一直是十分严格的，故其学术根底非常坚实。

顾炎武治学勤奋异常，据说他一生当中没有一天离开过书本。他在年轻时就读了许多历史、地理、文学、矿产、交通等方面的书籍。一部《资治通鉴》有350卷，他不仅全部习读钻研，还从头至尾抄了一遍。《诗》《书》《礼》《易》一类儒家经典和《史记》《汉书》等历史名著，他甚至都能背诵出来。

顾炎武非常注意学以致用，将书本知识与实际相结合。他常常带着书籍到各地旅行，接触群众，增长见识，江浙一带到处都留有他的足迹。为了考察地理形势和经济资源，作为反抗清朝统治的准备；同时，也为了寻觅各地自己还没有读过的书，并且更广泛地接触社会，顾炎武在50多岁的时候，又开始了规模更大，时间更长的游学活动。

他到了山东、山西、河北、辽宁、陕西、甘肃等省，察看名关要塞，游历名胜古迹，跋涉名山大川，往来行程两三万里，所读新书又达一万余卷。康熙二十一年（1682年），他死在晋南的曲袄，终年70岁。

顾炎武是我国17世纪讲求“经世致用”的一位爱国的大学者，由于他书本知识和社会知识都非常宏博，所以对天文、历法、数学、地理、历史、军事和治国之道等，均有深刻的研究，一生著书50多部，卷帙浩繁，达400多卷，在我国学术史上享有很高的声誉，其中大部分都是成书于旅途之中。其中的代表作有三种，一是《音学五书》（是一部讲古今声韵衍变的学术专著），二是《日知录》（是顾炎武终生经营的一部综合性文史巨著），三是《天下郡国利病书》（是一部有关明代社会经济的极其有用的资料汇编书。主要内容有三，一曰兵防，二曰赋役，三曰水利）。

▲读万卷书　行万里路

动脑筋

（1）《日知录》是一部非常著名的书，内容丰富。请找来此书一读，以了解顾炎武的治学精神和成就。

（2）旅游是时下流行的休闲方式。请你设想计划一下，今年的假期是否外出旅游？假若外出旅游，能否把旅游同自己的读书学习有机地结合起来？

“当头三棒”励任公

阅读提示

如同自然界矿藏的分布一样，人的天生禀赋的确有所差别，有人从小天资聪颖过人。天资聪颖过人再加上后天刻苦努力，就一定能做出成就，怕的就是自恃天资而自命不凡，不再努力用功。梁启超天资过人，敏而好学，尚且能虚心接受老师、好友的“当头棒喝”，从而不断超越自己，那么，更何况我们一般人呢？

讲故事

梁启超，字卓如，号任公，别号沧江，又号饮冰室主人，广东新会人。生于清同治十二年（1873），享年56岁。从少年时候起，他就以勤奋好学，聪慧过人闻名乡里，他写出的文章，特别是写诗作对，思路开阔，遣词独到，运用自如，即使一些成年人也在这位小学生的名下甘拜下风。

有一次，梁启超家里来了一位有学问的客人，父亲让他向客人献茶，客人知道端茶的少年便是人人称赞的梁启超，马上产生一个念头：今天当场试试，看看他的才学到底如何。客人接过梁启超手中的茶碗，随口念出一副对联的上联：“饮茶龙上水”，梁启超略加思索，应声对出下联道：“写字狗扒田”。客人听了不禁大吃一惊，这个梁启超果然才学不凡，他的下联不仅对仗工整，而且更妙的是他借用的是一句俗话，却不落俗套。

17岁那年，梁启超有机会拜见他日后的老师康有为，这是他第一次向赫赫有名的大人物求教。没想到第一次见面挨了当头一棒，康有为批评梁启超过去写的那些东西，研究的那套学问，只不过是些陈旧腐朽的货色，已没有什么实际用处了，并且向他指出，一个人真正有用的才学，应该是对安邦治国有用的知识、见解。梁启超听了康有为一针见血的批评，由于平时自命不凡，开始有些接受不了，思想斗争很激烈，整个晚上没有睡着觉。用他自己的话来说，康有为的一席话，真好比是冷水浇头，使他吃了“当头棒”。不过，梁启超还是想通了，第二天便正式拜康有为为师了。

后来，梁启超的学习有了很大长进，文章出手很快，仿佛在这方面是天生的奇才，据说他在日本横滨山椒自己的书斋饮冰室，下笔48分钟，就写成了《康南海传》（康有为是广东南海人，故被称为康南海）；而且，他写出的文章很能感动人，许多人也都欣赏梁启超的这些长处，他自己也常常为此自我欣赏。但是，梁启超的一位好朋友周善培却有不同看法。有一次，周善培和梁启超讨论问题时，对梁启超说：“中国长久酣睡如梦的人心被你的一支笔搅醒了，其功劳之大，这不用我来恭维你。但是写文章有两个境界：第一是能动人，第二是能留人。司马迁死了快两千年了，但他《史记》里的许多文章，至今人们还是百读不厌。你这几十年中，写了不少文章，你想想看，不要说能使人读一百回，就是能使人读两回三回的能有几篇？”

梁启超又吃了当头一棒。他有些不服气，反问道：“你说文章怎样才能留人呢？”周善培说：“文章要能留人，必须要言少且有无穷之意；使读者反复读了又读，才能理解它的深意。如果一篇文章把所有的意思一口气说完了，谁还去读第二回呢？”梁启超觉得周善培的这番话讲得很精彩，很有道理，分析透彻，而且正击中自己做学问的主要毛病。

梁启超思想敏锐，精力过人，兴趣广泛，对各种各样的事物都觉得有趣味，甚至一一地去研究，不免分散了精力。周善培对他这样做学问也很不以为然，就向他提出批评说：“论你的文章，你的资格，应该站得高一些，要让别人跟你走才对，你却总是跟人赛跑。不知足固然是美德，但你这种求‘足’的方法却成问题。天下学术无穷，你已年过50了，哪一天才能达到你知足的愿望呢？”梁启超第三次吃了“当头一棒”，可他欣然地点点头，表示虚心接受朋友的批评。梁启超一生著述很多，涉及的领域也很广，但最后归结来看，主要成就仍然集中表现在中国的哲学和历史方面，并尤长于史学。

(1)光绪二十一年(1895年)梁启超协助康有为发动了“公车上书”。“公车上书”是怎么一回事?

(2)梁启超一生著述甚富,多收入《饮冰室文集》。《饮冰室文集》是部什么书?包含有哪些内容?

刻梧桐以明志的李渔

阅读提示

古人说："少而好学，如日出之阳；壮而好学，如日中之光；老而好学，如炳烛之明。"所以历代学者莫不告诫幼学童子一定要珍惜少年时代的大好时光，勤奋学习，为将来打下良好的基础。李渔小时候每年都要在梧桐树上刻诗一首以督促自己刻苦学习。梧桐树，中国古人常把它看作是一种高洁的树木，李白诗句"凤凰栖梧桐"便是一例。

李渔从小在梧桐树上刻诗自励，表现了他立志向上，抱负远大的胸怀。

讲故事

李渔，原名仙侣，字谪凡，又字立鸿，号尺徒，又号立翁，别号觉世稗官、随庵主人等，明末清初戏剧理论家、作家，生于公元1611年，大约死于公元1679年，金华兰溪（今浙江省兰溪县）人。

李渔小的时候，父亲就去世了。家中状况虽强于普通穷苦百姓，但也常靠典当和卖田售地过日子。李渔深知母亲维持家计的艰难，所以他很体贴孝敬母亲，并能严格地要求自己，刻苦地读书。

李渔从小就立下大志，一定要干出一番事业来。他为了时时鞭策自己，检查自己走过的道路，亲手在他家的院子里种下一棵"能栖凤凰"的梧桐树，每年生日那天，便在树上刻上自己的一首诗。

李渔15岁的生日那天，他又循例来到梧桐树前，看着树上年年刻下的小字，随着时间的流逝，岁月的消融，随着梧桐树的一天天长高长大，字迹也变得大起来，他心中感慨万分："时间啊，时间，你怎么走得这么快，我学业未成，名位未就，转眼间就成为一个大人了。我把你抓得这么紧，你照样跑得那么快，让我为何不痛惜呢？"

李渔明白，"时间抓起来就是金子，抓不住就像流水"，"时间能使人生色，也能使人毁仪"。感触万千、思绪万种的李渔，激动地在斑斑的梧桐树上又刻下了一首《续刻梧桐树诗》：

小时种梧桐，桐叶小于艾。
簪头刻小诗，字瘦皮不坏。
霎那三五年，桐大字亦大。
桐字已如许，人大复何怪。
还将感叹词，刻向前诗外。
新字日相催，旧字不相待。
顾此新旧痕，而为悠忽戒！

全诗的大意是：小时候我种了一棵小梧桐树，还刻下了自勉的小诗，刹那间，几年一晃而过，字大人也大了，过去的时间再也不会回来，眼下的时间可是一刻也不能耽误了，一分也不能虚耗了啊！陶桓公有云："大禹惜寸阴，吾辈当惜分阴。"我当"顾此新旧痕，而为悠忽戒！"

在中国历史上，每朝每代的思想家、文学家、诗人等莫不谆谆教导后学要百般珍惜时间，发奋图强；莫不感到时不我待，叹惜未竟之事。孔子对着滔滔不停地流去的河水，感叹时间也像河水一般永去而不复返了。三国时，幼年就有"神童"之称的曹植，也痛感时间过得太快，他在诗中写道："惊风飘白日，光景驰西流。"唐代伟大诗人李白，给后人留下那么多动人的诗篇，也无限感慨道："逝川与流光，飘忽不相传。"宋代民族英雄岳飞，从小自强不息，文韬武略、戎马倥偬一生，在《满江红》中他劝勉后辈们："莫等闲，白了少年头，空悲切。"元代戏曲家高则诚说得更明白："光阴似箭催人老，日月如梭攒（zǎn意赶）少年。"

这些前辈人的体会和对后辈人的告诫也像鞭子一样，催促着李渔，使他在15岁的生日之后，紧迫感更强了。无论白天、黑夜，冬去春来，他完全沉浸在书堆里。

正当他踌躇满志，准备会试京城时，农民战争爆发了。不久，李自诚占领北京，清军入关，李渔便打消了做官的念头，胸怀“天生我材必有用”的信心，转攻戏曲。经过了许多年的戏曲舞台实践和戏曲理论研究，李渔终于成为清初时期一位颇有影响的戏剧作家和戏剧理论家。

在清初文坛上，李渔的戏曲雅俗共赏，妇孺皆知。他常领戏班出入各王宫贵府，因此，也招来不少微词，但是他词曲的艺术成就和本人在中国文坛上的显著地位却是不可动摇的。

动脑筋

(1)俄罗斯有句谚语：“谁吝啬时间，时间对谁就慷慨。”少年朋友，你能讲讲这是为什么吗？

(2)一些少年朋友总认为时间对他来说是很充裕的，对学习没有紧迫感，你认为对吗？

(3)请以“时间悄悄地流走”为题，写一篇短文。

一代须生匠宗谭鑫培

阅读提示

京剧艺术同书法艺术一样，被称为中华民族之珍宝。100年前，中国并无京剧清乾隆五十五年（公元1790年），四大徽班——“三庆”“和春”“四喜”“春台”陆续进北京演出。道光、咸丰年间，徽剧在北京同来自湖北的汉剧，来自陕西的秦腔，源于江苏一带的昆曲和本地的京腔合流，并吸收一些民间曲调，逐渐形成了京剧。一代须生匠宗谭鑫培乃“京剧鼻祖”程长庚的弟子，从下面的故事中，我们可以从谭老前辈在京剧艺术上刻苦学习，锐意开拓，一丝不苟的作风中感受到那袭人的芳香。

讲故事

谭鑫培，原名金福，字鑫培，湖北江夏（今武昌）人，生于1847年，死于1917年。其父谭志道，演老旦，有“叫天子”之称，故人称他为“小叫天”。

谭鑫培原来是习武生和武丑的，拜师程长庚之后，正式改唱老生（即须生）。1890年，谭鑫培被选为“内廷供奉”，专门为皇家演戏。

清朝末年，京剧艺术日趋成熟，人才济济，逐渐形成比较成熟的艺术风格和表演体系，但生腔发展迟缓。在谭鑫培之前，京剧虽有“三班”（指“四喜班的曲子”“春台班的把子”“三庆班的本子”）“三杰”（指以程长庚为首的“老三杰”）作底，毕竟年轻。在声腔表演上均为直腔直调，较少从人物的特定环境和性格出发制腔设调。谭鑫培以“舍我其谁”的气概，决心对老生声腔予以改革。

谭鑫培不仅从他老师那儿学来老生的精湛表演，还学到了老师擅采众长、革故鼎新的大师风范。他广泛地学习和研究昆曲、梆子及曲艺这些在民间源远流长的曲种的声调，结合京剧的特点，吸收到他的声腔中来。比如《探母》"哭堂"中杨延辉唱的"散板"（京剧的一种板式，其节奏自由，适于表达抒情的内容）；《哭灵牌》中刘备唱的"二六"（京剧的一种板式，多表达叙事内容）等等。谭鑫培还对原来相对定型的"西皮""二黄"的板式也依唱腔的变化作了改革，从而创制了一种悠扬婉转、清越又略有伤感的"谭派"唱腔。

谭鑫培从小坐科时学的是武生，武功基础深厚。据说他"善武技，而多内功""能一箭步至檐端，飞行无滞"，并还能"处处入戏"。在京剧圈内已有"单刀小叫天"之美誉。这样的功力和名声如果放在其他人身上，一定会感到志得意满的，但是，已步入中年的谭鑫培并不满足于已取得的成就，在征服了一座高峰之后，又登向了另一座高峰。他在专攻老生之后，别开生面，创制新腔，竟使"谭腔"风靡大江南北，内外行争相仿效，在须生行中出现了空前的"无腔不学谭"的局面。

谭鑫培在京剧界能自立门派，固赖于"谭腔"艺术在老生行中的霸主地位，但如果谭鑫培未能把唱同做、念、打相互结合起来，臻于水乳交融的境界，该派之风采也不会令世人如此之瞩目。在《琼林宴》中，谭鑫培有一"绝活"。当他饰演的书生范仲禹趄趄趔趔地往前赶路时，忽见两个公差打扮的人站在面前，惊恐之下，一甩腿把脚上的一只鞋踢到头顶上了。这一合乎人物心态的戏剧表演，就是谭鑫培把他踢腿至顶的硬功融于人物表现的一个范例。后来，范仲禹遭毒打装入箱内，随着箱盖的打开，范仲禹拧身一个"鲤鱼打挺"跃出箱外，也是为表达范生在箱中久闭欲出的心理状态设计的。在京剧表演中成为绝响的，还有谭鑫培在《碰碑》中表演杨继业的"甩盔""抖甲"；在《连营寨》中表演刘备在烈火中的"吊毛""欲抢背"等融技于戏的成功设计。《盗魂铃》是谭鑫培集唱、做于一体，熔文、武于一炉的代表作，是谭派的保留剧目。该戏以老生演猪八戒为开山之举，是颇受观众欢迎的一曲热闹戏。

谭鑫培之所以能在京剧艺术上取得如此辉煌的成就，也是同他那严肃认真，精益求精的作风分不开的。有一次，他到戏园中去看杨小楼演《铁龙山》，发现杨小楼把戏中的《八声甘州》给砍了。戏完后，他便把杨氏请到自己家中，给他仔细剖析了这支曲子在戏中不可或缺的作用，并亲传此曲于他。

有一次演《失街亭》，当诸葛亮喝令刀斧手将马谡押出帐斩首时，不知怎么回事，饰演马谡的净角演员李寿山突然大笑三声。饰演孔明的谭鑫培十分吃惊：这“三声大笑”戏里没有哇，加之也毫无道理。他立即跟着加了一句：“招回来！”刀斧手也很纳闷，只好又把马谡押回帐内。诸葛亮便问马谡：“你为何发笑啊？”这一问，李寿山哪能回答得出来？好一阵子只好瞪着诸葛亮愣愣地站着。

又有一次，演《回荆州》。一位叫穆凤山的净角演员扮演张飞。念白时，他故意把“俺大哥在东吴招亲，为何不叫俺老张知道？”的“道”字念成“大”字音，因“大”字属张口音，念出来比“道”洪亮，容易向观众讨好。谭鑫培对这种有失大体的擅自改动不满，便当场加了两句台词：“叫你知‘大’也要前去，不叫你知‘大’也要前去！”观众原本对张飞把“知道”念成“知大”不甚在意，但经谭如此一渲染，才知道穆凤山念错了台词，又是一阵满堂哄笑与倒彩。

谭鑫培以《定军山》《空城计》《卖马》等剧最为著名，他对京剧艺术的献身精神和卓越贡献、艺冠群伶的精湛表演至今人们仍喜闻乐道。

(1)除了本故事中提到的几位京剧大师外，你还知道多少著名京剧演员的名字？在表演和剧目上各有什么擅长？

(2)现代化的建设需要各式各样的人才，搞科技、搞艺术、搞体育直至种田、做工都能出“状元”。你能举出多少位这类“状元”的名字呢？

王国维治学“三境界”

阅读提示

王国维出生于清王朝三百年江山行将倒塌之时。他前半辈子的追求与奋斗，使他不忍见清王朝的灭亡和旧文化的衰落，故于1927年6月2日自沉于颐和园昆明湖，结束了他那年仅50、在学业上所向披靡的宝贵生命，使整个学术界扼腕痛惜。

他的死，是时代造成的悲剧，是新旧文化撞击的牺牲品。这些，我们不去多谈。我们要讲的是他治学的“三境界”，由此可窥见他为近代中国学术史所作的无与伦比的伟大贡献，以及为推进学术的发展披荆斩棘，勇往直前，独上高楼，高屋建瓴的一代中西学界巨擘的风范。

讲故事

有位比王国维年龄稍长的苏联作家高尔基说过：“读书，这个我们习以为常的平凡过程，实际上是人的心灵和上下古今一切民族的伟大智慧相结合的过程。”王国维就是这样一位“学无新旧、无中西、无有用无用之分”“胸中如具灵光”的治学奇才。

王国维根据他一生的治学历程，借用宋代三位著名词家的词句，为自己做了个形象的概括，这就是后来在学术界传为美谈的王国维治学“三境界”。其中一种境界是借用晏殊在《蝶恋花》中的一句词：“昨夜西风凋碧树，独上高楼，望尽天涯路”；第二种境界是借用柳永所写的《凤栖梧》中的一句词：“衣带渐宽终不悔，为伊消得人憔悴”；第三种境界所借用的是我们更为熟悉的南宋时期的伟大爱国词人辛弃疾写在《青玉案》中的一句词：“众里寻他千百度，蓦然回首，那人却在灯火阑珊处”。

第一种境界表现的是王国维面对“西风凋碧树”的茫茫学涯不为所惧，“独上高楼”的学界巨擘的气概。

他先后翻译了康德、叔本华、尼采等几位在世界哲学史上有巨大影响的德国古典哲学家的著作，是继严复之后，中国当时又一位西方文化和思想的传播者。

他是把西方美学理论系统介绍到中国来的第一人，也是我国运用西方美学思想——特别是康德、叔本华的美学理论——进行文学研究的第一人。他所撰写的《红楼梦评论》《人间词话》《宋元戏曲史》就是这一研究方法的产物。

王国维在史学研究中最先倡导了“以实证史、以史证实”的“二重证据法”。在他的影响下，学术界以此种治学方法研究尚处在一片混沌之中的殷墟甲骨文，取得了突破性的成果。

第二种境界描述的是王国维在求学和治学道路上“焚膏油以继晷（guǐ，太阳的影子）”的刻苦精神。

王国维，字静安，号观堂，清朝同治年间出生在浙江宁海县的书香之家。7岁时就涉猎各类古书，由于他不喜欢那些八股文，便放弃科举考试，独立研究学问。当一般的孩子拿着过年时大人给的“压岁钱”随心所欲地买些自己喜欢的东西时，王国维却把钱积攒起来买了他所喜爱的《史记》和《汉书》，专心致志地研读起来。

为了研究西方文化学术成果，20岁时王国维进入上海罗振玉创办的“东文学社”半工半读，尔后又东渡日本留学。在学习英语、日语的过程中，他遍读了西方社会学、哲学、逻辑学、心理学、伦理学、美学和世界文学名著等大量的书籍，同时他还创造了一套科学地掌握外语的方法，就是把听外语课、看外文书籍，翻译外文著作同时并举的“三结合”研学方法。

王国维一生不求荣利，不治家产，唯“以读书为生命”，刻苦治学，始终如一。在经济收入非常拮据的情况下，省吃俭用，挤点钱出来购书。在日本期间，对一些罕见的珍本书籍，因自己买不起，就亲自手抄，仅现在仍作为“特殊本”珍藏于日本“东洋文库”里王国维手抄的词、曲方面的书籍，就达25种之多。

在国内，王国维一方面担任杂志编辑、学校教员以维持生计，同时又把这些工作同读书、研究相结合，并称之为“三结合”。他的《红楼梦评论》就是这个“三结合”的产物。如此辛勤耕耘又怎不会“体素羸弱”“衣带渐宽”而“人憔悴”呢？然而，王国维依旧一往情深“终不悔”。

第三种境界，主要表达的是王国维在茫茫学涯路上千百度地苦苦追寻终于达到目的情形，也流露出这位大师的欣慰之情。

他写的《红楼梦评论》及《人间词话》轰动并深远地影响了中国文坛；《宋元戏曲史》被郭沫若称为“中国文艺史、研究史上的双璧，不仅是拓荒的工作，前无古人，而且是权威的成就，一直领导着百万的后学”。他撰写的《殷先公先王考》，是殷墟甲骨文字出土19年后的第一篇具有深刻影响力的科学论文。正因为有了这一篇论文，才使殷墟甲骨文字的史料价值举世公认，并“使《史记·殷本纪》和《帝王世系》等书所说的殷王世系统得到了物证，并且改正了他们的讹传”。

王国维是一位敢于吸收新思想、善于建设新理论的学界巨擘，也是一位对传统文化迷恋至痴的大儒，或许这就是造成他生命体验中的悲剧意识的文化源泉吧！

(1)王国维治学“三境界”的中心含义是什么？

(2)王国维自创的两个“三结合”的研学方法，对你有所启发吗？